心理カウンセラー・美穂さんの

のんびり井戸端会議

砂押美穂
SUNAOSHI MIHO

幻冬舎MC

心理カウンセラー・美穂さんののんびり井戸端会議

まえがき

人はどんなに辛い状況でも最後の時がくるまでは前を向いて生きなければならない。

私は以前、こんな気持ちの中に無理に身を置いていたことがあります。

自分の人生の意味を「どこか」に求めては、出てこない答えに悶々とする日々を送っていた時期。

そんな時期に初めてカウンセリングを受けました。

「自分の状況や気持ち」をカウンセラーに話していくうちに、存在すら忘れていた涙が溢れ出し、封印されていた自分の思いが次々に湧き出てきた感覚は今でも鮮明に覚えています。


カウンセリングを受けて少し経った頃当時抱えていた問題に対して自分がずっと「他人に主軸を置いていた」ことに気がつきました。

自分の気持ちを蔑ろにしたまま、相手の気持ちや状況ばかりを考え悶々としていたことに気づいたのです。「これをしたらあの人はどう思うだろう?」「自分はこの人にとって、どんな存在意味があるのだろう?」と。

そんなふうに自分の力ではどうにもならない問題にすら、「どうすれば人を変えられるのか、状況を変えられるのか」と、自分がどうしたいのかも決められないまま「前を向かなくちゃ」という思いばかりが先行し、心の奥ではずっと苦しさを抱えながら日々を過ごしていたのです。

涙とともに湧き出た自分の感情に気がついた時から、自分を主軸にして生きることの大切さを感じるようになったのかもしれません。

相手がどんなふうに考えているのか、感じているのかを「自分から積極的に聴いてみる」ことの重要性を感じたのもこの時です。

それから私は人の心理について学び始め、現在は心理カウンセラーをしております。カウンセラーとしての学びや、過去の自分について気がついたことなどをSNSへ投稿しているうちに、たくさんの方からメッセージを頂くようになりました。

そうしたメッセージからまた新しい気づきを頂く中で、たくさんの方のお力によって磨かれていくこれらの投稿を本にしてみたいと思いました。

昭和49年に生まれた私は今年、令和5年、49歳になります。

今振り返ると、社会との繋がりを求めながら長い間子育てに専念していた葛藤の時期や、親の介護の時期など、さまざまな経験の中で感じた喜怒哀楽の感情すべてが、自分にとって必要なものであったと思います。

そのように思える私の背景には、数年前に亡くなった父の影響が大きいのかもしれません。

父は今私の中で一定の距離をとりながらいつも見守ってくれている、そんな気がしています。

人の優しさとはどんなものなのか。
人と繋がることはどんな意味を持つのか。

学ぶことにどんな意味があるのか。

命をどう捉えるか。

生きている中では、さまざまな疑問が生まれます。


この本はこれまで私が学んできた知識や経験とともに、日常私が感じていることや、考えていることを重ねて書いています。

読んで頂く方が私の文章によって、「自分ならこう感じる」「自分ならこう考える」といった私とはまた違った感情や考えを持たれることもあると思います。

その時に「なぜそう感じ」、「そう考えるのか」と別の角度から見つめて頂くことで、ご自身の思いや考えに新たな気づきを得られることと思います。


49年間の人生の中で出会えたカウンセラーという職業を通し、心理を学びながら人を深く感じ、想像する力がどれほど大切かを知るとともに、「心理学は心の科学」であるというその尽きることのない世界を、私はこれから先も求めて生きていきたいと願っています。

最後に、この本を刊行するにあたり、きっかけを与えて下さいました幻冬舎ルネッサンスの方、私と繋がりを持って頂きさまざまな励ましの言葉や経験にもとづくアドバイスを下さった仲間、長い時間お互いの考えを語り合った友人、そして私を信じ支えてくれた家族に心からお礼を申し上げます。

目次

第二章

美穂さんの子育て観

第三章 美穂さんから見える児童支援センターの子どもたち

第四章

美穂さんが作品から感じたこと

第五章

美穂さんが父を想う時

第六章

ネガティブを生きる力に変えるヒント

第七章

美穂さん素敵な人に頷く

第八章

美穂さんのひとりごと

第一章　心が動いた時

1　あぁ、ここまでか

「あなたはどうして生きていますかと聞かれたら何と答えますか？」

以前こんな質問をして頂いたことがあります。

どうして生きてるって、言葉にしてはっきり答えることができる人っているのかなあ？と思いつつ、思ったことを箇条書きにしてみたら、意外にもいろいろ出てきました。

人を愛したいから生きています。
今日は知らない何かを明日は知ることができるから生きています。
ワクワクしたいから生きています。
自分の将来が見えていないから生きています。
新しい生命を受けた子どものために生きています。
仲違いをした友人とまた心を通わせたいから生きています。
頼ってくれる人がいるから生きています。

まだまだ理由は出てきそうです。

ある知り合いのお医者さんに聴いてみたことがあります。
「先生は毎日のように人の最後の時に立ち会っていらっしゃいますが、自分にその時がきたらどう感じると思いますか？」と。

そのお医者さんは一言こう仰いました。
「あぁ、ここまでか」と。

私はその潔い言葉が気に入りました。

最後のその時がきた時に、「あぁ、ここまでか！」と思えるような生き方がしたいなぁと、そう思いました。

2　やる気スイッチを押していくら漬け

北海道では秋になるとあちらこちらのお店に生いくらが並びます。

私は毎年いくらを漬けて義父母に送っているのですが、忙しいと漬けて送るまでの少し面倒な行程をつい考えてしまい、今年は簡単に贈答品のいくらを購入して送ってしまおうかと、手作り用の生いくらの購入に躊躇することがあります。

でも、何だか気になる。

毎年私の作ったいくら漬けを送ると、とても喜んでくれる義父母。

それを思うと買ったものも同じいくらだよね、という考えが浮かびつつも、やっぱり手作りのいくらを贈りたいという気持ちが拭えず、「えーい！」と、今年も生いくらを購入しました。

購入したからには作らなきゃということで、材料準備にとりかかります。

人の脳には「淡蒼球《たんそうきゅう》」という部位があるそうで、この淡蒼球に刺激を与えることでやる気スイッチがオンになるのだそうです。

私の場合、「えーい！」といくらを購入する「行動」が淡蒼球の刺激になったということです。

いざ作りだすと義父母の喜ぶ顔が浮かび、いくらを潰さないよう丁寧に処理をしながら、いくらを入れる瓶はどんなものにしようか、瓶を包むタオルは何にしようかなどとオプションまで考えては楽しみ始めている自分がいるのです。

ちょっと面倒だなぁ、と思っていたことが「よいしょ」と行動してみると、意外に楽しくなってくる。

自分で初めの「よいしょ」ができない時は誰かに背中を押してもらえるように頼んでみてもよいのです。

面倒なこと、やりたくないことに挑戦してみることは、たとえ些細なことであってもそれだけで一日中充実した気持ちになることも。

思いきって行動することで後々気分がよくなることもありますね！

今日も「よいしょ」してみませんか？

3　ありのままの私

スマートフォンがなかった時代、私が思春期の頃は友だちとの長電話が大切なコミュニケーションの一つでした。

友だちとの内緒話は親に話を聞かれぬよう、電話の線をぎりぎりまで伸ばし、部屋の隅でこっそり夜な夜な話していたことを思い出します（笑）。

思春期に「一対一」で、思いの丈を語り合った親友は、今それぞれに違った価値観を持ちながらもお互いを認め合える大切な存在です。

思春期になると、恋愛話や、学校での出来事に対する自分の気持ち、家族のことなど、それまで親に話していたことも、次第に話さなくなってくることがあります。

同じ目線で「思いを共有できる仲間」を求める気持ちが育ってくるこの時期は、そういった話を一緒に「共有」したり「共感」していくうちに、大切な「親友」となるのです。

そうして一人の親友ができることから「ありのままの私」に自信が持てるようになる。そしてそこから一人、また一人と、つき合いの幅が広がっていくのかもしれません。

「たくさんの中の自分」は「一対一の自分」と比べ、自分を表現することが難しく感じることもあります。

また「たくさん」を意識し過ぎると、たくさんの人の反応を必要以上に気にしてしまい、心が動揺してしまうこともあるかもしれません。

私自身も正直な自分の考えや気持ちを出せず、「空気を読んだ」表現をすることがありました。

今はSNSなどでも繋がりが広がり、「たくさん」を相手にすることも多くなっています。

その中で「ありのままの私」を受け入れてもらえる一人の親友をつくることはこれ

からの時代、今まで以上に大切になってくるのではないかと思うのです。

「ありのままの友だち」、「ありのままの私」を受け入れ合う関係から、広い世界へ一歩前進できますように。

4「らしさ」は感じることから

「美穂さんらしいね」とか、「美穂さんらしくないね」とか、そんなふうにおっしゃる方の言葉から、私らしい、私らしくない、って何だろうと思うことがありました。

そうおっしゃる方が私と話をした際に雰囲気を感じて下さり、この方には私はこんなふうに映っているのだと知ることで温かい気持ちになりながらも、「らしさ」という言葉に何か引っかかるものを感じていたのです。


以前の私は「自分らしさ」が他人の喜ぶイメージだったり、自分がこうあるべきと思うものだったりと、環境が変わる度に今の自分でよいのかと不安になったり、迷ったりすることがありました。

偶像を作り出してはその姿を変え、また違う偶像を作り出したりしてしまうこともあったと思います。

人は言葉を使うことでさまざまな表現ができるようになりましたが、時に言葉は自己の本質を歪ませてしまうことがあります。

自分を表現する言葉が、内なる自分と結びつかない。

何かしっくりこなくて自分をどう表現したらよいか分からなくなることも。

自分らしさとは何か。

本来自分やその人「らしさ」は決めたり考えたりする必要はないのかもしれません し、もちろん他人から決めつけられることもないのです。

言葉で表現できない自分を無理に表現しようとせず、

「自分はどう感じているか」

「自分だからどう感じるのか」

言葉より先に「感じる」ことを大切にしてみると、自分らしさは自然と出てくるのかもしれません。


秋が近づいている北海道。

岩見沢にある防風林を散歩しながら、濃い青空の下で太陽の光を浴び、伸び伸びと真っすぐにそびえ立つ白樺の木々たちからは強い生命力を感じます。

こうして自然に身を預け、大きな自然に抱かれているイメージを静かに感じてみることで、私はありのままの自分を感じることができました。

私たちはいつでも感じることができます。

迷った時にはゆっくりと息を吸い、そしてゆっくりと吐きながら「感じること」を大切になさって下さいね。

5　アンカリング効果

春に着られる洋服を買うため、母を連れて久しぶりにアウトレットパークへ行きました。

この時期は春からの新生活に必要なものを買いにくる方も多いのか、たくさんの人がきています。

「アンカリング」という言葉をご存じでしょうか？

アンカリングとは、最初に与えられた数字（アンカー）を基準に考えてしまい、その後に提示された別の数字への認識が歪められてしまう現象です。

今回はこのアンカリング効果の影響によって複雑な気持ちになった私の話をさせて頂きます。


母と一緒に洋服を見ていたところ、昨年秋に気に入って購入しようか迷いながらも結局購入しなかった冬用のトップスが、なんと70％引きになっており、私は迷わず購入を決めました。

秋に買わなくてよかったと、すっかり得した気分になっていたのですが、その後、素敵だなと思いながら手に取る春服は、冬物に比べてどれも値引率が低く、高額だと感じてしまいます。

結局1枚も購入できずにいる私の側で、母は素敵な春服を見つけ、値引率が低くても購入。

結局私は春服を1枚も購入することなく帰宅しました。

帰宅後、購入した冬服は暫く着ることもないのでそのままクローゼットへ収納。

反面、母は楽しそうに素敵な春服に何を合わせるか、それをいつ着ようかと考えたりしてとても楽しそう。

半日時間を使って行ったアウトレットパークで、湧いてきた損得感情から何も目的を果たせず帰宅した私の隣で素敵な春服を購入し、ワクワクしている母を見て、一体どちらが得だったのかと、何となく恨めしい気持ちが残る買い物となったのでした。

6　かまくらの中で思ったこと

連日雪の降る札幌。

大雪の中、今朝も早くからご近所の方と一緒に雪かきに精を出していました。

「いつまで続くのでしょうねぇ」

「鬱になりそうだー！」

「パートナーシップはいつになるのかしら」

「市道の方が終わらないから中道はまだこられないかもと、先日業者の方が話していましたよー」

「先日埋まっていた車の方はあの後どうしたかしら？」

「ＪＡＦの方が3時間かけて何とか（車を）引っ張り出していましたよ」

毎回こんな感じの会話をしています。

他愛もない会話の中に実は大切な情報が入っていたり、他愛もない会話で辛い気持ちを発散させたりして、お互いに「気持ちのやりくり」をしているなぁ、と感じています。

昔は「井戸端会議」というものがあって、主婦が洗濯や水汲みなどする時にそこに集まって情報を共有したり、気持ちを発散させたりというのがあったようですが、今はこのような「他愛もない会話」をする場所がなかなかないものだと感じます。

この、井戸端会議的なもののよいところは、お互い気持ちを吐き出しながらも、深入りはしないところだと思います。

少しネガティブな話になっても、そこで「それで?」「どうして?」などと聞くことはありません。

「まぁ、ありますよね～」といった感じに収まるので、後から話し過ぎたかなぁと、落ち込むこともありません。

現代このような環境が減っていく中で、私はSNSに対して人の気持ちの呟き場所としても一つの価値を感じています。

私自身も呟きますが、たくさんの投稿から「あぁ、わかる、わかる！」「こういうことあるよねぇ」などと思いながら、孤立した世界にふぅーっと新鮮な風が吹くような、そんな気持ちになることがあるからです。

時代によって媒体の変化はありますが、本来人の求めているものは昔からあまり変わらないのかもしれないなぁ、と雪かきでできあがった玄関前の雪山をざっくりと掘って作った小さな「かまくら」から、広い空を眺め考えていたのでした。

7　意見や気持ちを言葉で伝えられますか？

「自分の意見や気持ちを言葉で直に伝えるのは得意ですか？」と聞かれたらあなたはいかがでしょう？

さまざまなシチュエーションの中ではリラックスして意見や気持ちが言えることもあれば、緊張しながら発言することも。

日記を書いたりＳＮＳで書き込みはできても、いざ人を前にするとなかなか自分の気持ちを表に出しづらい、という方もいらっしゃると思います。

うまく言えない……だから言わない……

皆、他人の話なんて興味がない……

気持ちや意見を伝えたところで状況は変わらない……

周りへ影響力を与えてしまう……

出る杭にはなりたくない……

弱音は吐きたくない……

人に自分の気持ちを話さないことが美徳……


実は、私自身このように考えていた時期があります。

そうしているうちに、知らぬ間にだんだんと「孤独」を強く感じるようになったことがありました。

まだまだ未熟ながら今の私が積極的に自分の意見や気持ちを人に伝えようと思うのは、孤独感でいっぱいになった時にカウンセリングを受けたことがきっかけでした。

自分が発するまとまりのない気持ちや思いをカウンセラーの方が真剣に聴いて下さったことで、心に詰まっていたものが少しずつ流れ、一人で抱えていた孤独な気持ちが温かいものに包まれるような気持ちに変化したのです。

意見や気持ちを人に聴いてもらうことで感情はフラットになり、自律神経も整います。また、話をすること自体が創造的なことですから、伝える相手に自分を表現できることで気持ちよくなったり、考えていたことを言葉にして話すことで思考がより整理されたりと、たくさんのメリットがあるのです。

喫茶店でこの文章を書いていた時、私の隣席に座られた女性三人の会話が聞こえてきました。※決して耳を欹《そばだ》てていたのではありません（笑）。

女性1「○○道路で車横転だって！」
女性2「こわっ！」
女性1「居眠りだって」
女性3「眠いなら途中休んで寝ればいいのにね」

内容についてはさておき、会話をしていた女性に対し、考えや意見をしっかり伝え合っていらっしゃるなぁ、と感心したのでした。

伝える力は「意見や気持ちを相手に伝えていく」意識を持つことで、ついてくるものです。

少しずつでよいのです。

これまで感じたことのない世界を感じ、さらにその世界が広がっていく感覚を味わって頂けますように。


自分の意見や気持ちを言葉で直接伝えるのが難しいと感じていらっしゃる方は、まずは安心して話せる方に話してみるのもお勧めです。

8 「頑張れ」に感謝できた日

私は「頑張って」と言われることが好きではありませんでした。

頑張ってと言われると、何か大変な責任を負わされるような、自由を奪われるような、そんな気持ちになったからだと思います。

私の子どもたちがまだ幼かった頃、私は自分一人の自由な時間を確保するために朝早く起きることにしていました。

当時の私にとって、静かな朝の時間は自分だけの神聖な時間となっており、この時間が後の忙しい一日を支えていたと言っても過言ではありません。

身支度をしたら外に出てストレッチ運動をし、その後珈琲を飲む。

そんな贅沢な時間が習慣化した頃、今度は少し走ってみようかと近所をランニングし始めたところから、だんだんと走ることで得られる爽快感がくせになり、次第に起床時間を早めて、３km、５km、10kmと距離を長くしていきました。

10km走っても余裕ができ、走ることに自信がついてきたある時、札幌で開催されている「豊平川トライアルマラソン」に出場してみたくなり、そのくらいなら子どもたちも留守番できるほどに成長していましたし、誰かに話せば「頑張って」と言われる気がしていましたので、私は誰にも相談することなく10kmコースの申し込みをしました。

いつものように走っていつものように帰ってくればよいのだと、その時は何が起こるか想像もせず、安易に申し込んだのです。

マラソン大会当日になり、留守番をする子どもたちには大会のことを伝え、いつも自分がランニングしていたコースである豊平川遊歩道の集合場所へ行きました。

しかしいつものランニングコースは大会用にロープが張られ、想像もしていないほどたくさんのランナーたちが集まり、まるで違う場所のようでした。

本格的なランニングシューズを履き、引き締まった身体にランニング着を着た人たちが大勢です。

それに比べて私はトレーニング用のジャージに普通の運動靴姿。

その時点で既に気持ちは萎縮していました。

どんなに気を持ち直そうとしても、無理でした。

これまでランニングとは無縁の人生を送ってきた自分が少し走れると勘違いをして申し込みをしてしまったことを早くも後悔。

そんな気持ちのままいよいよスターターピストルは鳴らされました。


いつも通りにと思いながらも明らかにいつもよりペースが速くなっていたのを覚えています。

ロープの外から出場しているランナーを応援している人たちの声すら聞こえないほどに私は緊張していました。

一人で広い空間を好きに走るのとはまるで違う、その息苦しい空気を必死に吸い込みながら走り続けていましたが、6㎞くらい走ったところで私の精神と体力は限界に近づいていました。

もう歩こう。

いや、もう少し。

そんなことを繰り返し思いながら走っているつもりでしたが、おそらく普段の早歩き程度の速度になっていたと思います。


たくさんのランナーに抜かれ、制限時間内に走れるのかという不安を抱えながら走っていた時、遠くから、

「美穂ちゃーん、頑張れー！」と声が聴こえました。

声をかけてくれたのは子どもが赤ちゃんだった頃からおつき合いのある友人夫婦でした。

留守番していた子どもからマラソン大会に出ていると聞いて、駆けつけてきてくれたのです。


その二人の笑顔も未だに忘れられないのですが、あの時「頑張れー！」とかけてくれた明るい声は今も私の血肉となっています。

どんなに足が回らなくても最後まで走り続けられたのは、あの「頑張れ」があったからです。
私がゴールした頃にはほとんどのランナーが完走していましたが、それでも私は最高の気分でした。

家族が「頑張ってね」と言ってくれます。
友人が「頑張って」と言ってくれます。
仲間も「頑張ろう」と言ってくれます。
今の私は、そう伝えてくれる人に、感謝の気持ちしかありません。
しかし、自分が使う時には躊躇することもあります。
相手にとって「頑張って」が重くないか?と、慎重になる。

でも、いざ言葉にする時には心から思いを込めて伝えます。
「行ってらっしゃい！　頑張ってね!!」と。

9　魔法の言葉

新しいことを始めたけれど思うように進まなかったり、突然のハプニングが起きたり、時にはそんなこともあります。

間違えてはいけない、これをしないといけない、こうあるべきだ。

「避けることのできない波」がきた時は、平常心を保つのが難しくなるものです。

時には気がつかないうちに人に厳しいことを言ってしまったり、自分の身体に無理をさせてしまったり。

そんな波がきたと感じる時、私が意識している魔法の言葉があります。

『まぁいいか』

この言葉を自分にまっすぐ向けてあげるのです。

「いやいや、そんなことは許されない！」

そう思うこともあると思います。

それでも少しの時間だけ『まぁいいか』を他人にではなく、自分に向けてあげるのです。

そうすると、『まぁいいか』は自分を受容してくれます。『まぁいいか』をしっかり受け入れて、ご自身が「楽になる」感覚をしっかり感じてみて下さい。

リラックスして問題を大局的に見てみると、物事は思っていたより上手く進んでいくものだと思います。

10「時を味わう」ことに必要なもの

素敵な空間で好きな音楽を聴きながら時を味わう。

自然の中で静かな時を味わう。

このような時間は「時を味わう」という美しい言葉がぴったりくるものです。

今ここにある自分の時間を五感を使って楽しむということはマインドフルネス（心がすっきりし、集中力や幸福感が高まる）効果もあり、「時を味わう」一つの方法です。

しかし、今のこの時間はいつも余裕をもって楽しんだり、面白がったりして味わうことばかりではありません。

辛かったり、不安だったり、怖かったり、ネガティブな感情が先行していると、気持ちには余裕がなくなり、今のこの状態を「感じる」ことはあっても「味わう」までに至らないこともあると思うのです。

それでもいつか、そうした余裕のない時の自分に思いを馳せる日がきた時に、その過去の人生を「どう味わうか」によって、それは「時を味わう」喜びに繋がっていくのではないかと思うのです。

そして過去をどのように味わうかと考えると、そこにはある種の「美」と「ユーモア」が必要になってくるのではないかと私は考えます。

日本には古来、物事の対象を外側から余裕をもって見るような美意識を表す「をかし」という言葉や、物事を客観的に分析しながらも、深くしみじみとした感動を表す「あはれ」という言葉があります。

日本人の心には本来この「をかし」や「あはれ」といった様態を受け入れて物事を眺めるようなしみじみとした奥深い美や、ユーモアが存在しているような気がします。

自分の過去を振り返り、

「すごく緊張して眠れなかったなぁ」

「切なくて食べ物も喉をとおらなかったなぁ」

「辛くて思わずこんなことをしてしまったなぁ」

このように自分にしか持てない「美」と「ユーモア」で過去の自分を振り返れば、自分の過去をさらに味わい深いものに変化させていけるのかもしれません。


そして今この時も、「温められた時間を味わういつか」を楽しみに、精一杯生きてみようと思うのです。

11 覚醒～私が夜中にインスタントラーメンを食べる理由

「最後だから」私の母の口癖です。

最後だからあそこへ行ってみたい。

最後だからこれをしてみたい。

80歳の今に至るまで私は何度この言葉を聞いたか、数えきれません。

この間も千葉に住む母妹の家に一人で行くことを決めた母。やはり「最後だから」と言っていましたが、春に行った時にもそう言って出かけていました。

聞いているこちらは「また言ってる～」といった感じですが、母はいつも本気です。常に全力で支度し、ワクワクしながら楽しんでいる母の姿を見て、「最後じゃないよ」と思いながら応援しています。

こんな母の影響なのか、関係ないのか分かりませんが、私自身も「今しかない」と思うと、脳が一気に目覚める感じでワクワクドキドキし、落ち着いていられなくなるのです。

そこで今回はワクワクドキドキ感の正体である「覚醒」についてふれてみようと思います。

心理学でいう「覚醒」とは「脳の目覚めの程度」のことで、覚醒が下がるとボーッとした状態になり、上がると興奮した状態になる（人間の脳の一部である「脳幹網様体」がさまざまな衝動によって活力を与えられ、それによってさらに広い範囲の大脳皮質に活力が与えられた結果、覚醒水準が上昇するという仕組みだそうです）といわれています。

この覚醒について、「正常な精神活動には、ある程度の覚醒水準が維持される必要がある」ことを示した法則（ヤーキーズ・ドットソン）があります。

覚醒水準が高くなるにつれ脳は興奮し、精神活動の効率は高まります（清明な意識があり、集中力も十分に発揮）。しかし高くなり過ぎてしまうと、精神活動の効率は逆に低下してしまう（自分の意識をコントロールできない状態）という法則です。

ワクワク感が高めと感じていらっしゃる方は、覚醒水準が上がり過ぎてしまうと注意散漫で落ち着きのない状態になることもあるのでご注意下さいね。

逆に、ワクワクドキドキ感が少なめな方は、脳内ホルモンの「オレキシン」を活性化させることが有効とのことです。

この「オレキシン」を活性化させるためには、「決まった時間にしっかり味わって食事をとる」ことが大変有効とのことです。

夜中にラーメンは魅力的ですが、ワクワクドキドキ感がなくなってきた方は、次の日の朝食を充実させ、是非ワクワクドキドキした気持ちでその時を楽しみになさって下さい。

ということで、ワクワクドキドキ感の強めな「覚醒水準」が上回り気味の私は、覚醒水準を下げて意識をコントロールできるよう、久しぶりに夜中のカップラーメンを味わって頂くことに致します（注・エビデンスはございませんので参考になさらないようお願いします）。

12　生きているからこそ

人はそれぞれに見ている世界が違います。

同じ状況でも笑えることもあれば、どうして自分だけがこんなに辛い目に遭うのだろうと疲弊してしまうことも。

疲弊している時はどうしても視野が狭くなり、その気持ちから抜け出すことが困難になります。

そして、そこから発せられる自分の不幸な思いが時に自分自身の心を掴むこともあります。

世の中をわかっているように感じたり、責任感があると自覚したり、思いやりがあるように感じていたり。

私自身にもこういった思いは多々ありました。

その時の私は他人を心から信頼できず、自分のことすら好きにもなれず、ただ与えられた役割を使命のように感じていました。


心理学を学び始めた頃から、私は思考をフラットにすることが徐々に早くなってきたと感じます。

それは単に思考を論理的に整理できるようになっただけではなく、最大の理由は「学ぶことに集中し、時間を忘れるほどに没頭できるようになったから」だと思っています。

これは「フロー」状態（ゾーン）といい、心理学者であるミハイ・チクセントミハイ博士はこれを「フロー理論」として提唱しています。


私など比べものにならないほどに苦難を抱えて生きてきたヘレン・ケラーは、「太陽に顔を向ければ影はいつでも自分の後ろにいる」と言っています。

彼女は人を救うという信念を持つとともに、時間を忘れるほどそれに没頭できるという能力があったのかもしれないと思うのです。

没頭できる何かをすぐに見つけることは難しいかもしれませんし、いつかその何かから気持ちが冷めてしまうこともあるかもしれません。

しかし「生きているからこそ」、それを探し求め続けることができるのです。

そして「探し続ける前向きな姿勢」が自分の求める人との繋がりを構築し、誠実性を高めていくのだと。

悲観的に影を見るのではなく、力強く（時には目を細めながらでも）太陽に顔を向ける。

私もそんな生き方を選びたいと思います。

そしてこちらも懸命に生きていきたいと願いながら、ヘレン・ケラーの言葉にまた新たな勇気を頂くのでした。

13　ありがとうの方向

人に何かをして頂き「ありがとう」と伝えることは日常の中にはよくあることかもしれません。

家族に対して、仕事関係の方に対して、恋人に対して……見ず知らずの方でも、エレベーターに乗っている時に行き先ボタンを押して頂いた時や、先に入り口を入りながら私が入るまでドアを押さえて頂いた時も、私はやはり「ありがとう」を伝えます。

「ありがとう」の言葉を至るところで使っている私ですが、ふと、この「ありがとう」が、「伝える」ばかりになっていないかと、そんな思いがよぎりました。

「ありがとう」を礼儀や挨拶のように使い、「伝える＝感謝の気持ちを持っている」となってはいないかと。

お礼の気持ちを伝えたいが、わざわざ連絡をするのは迷惑なのではないか、気持ちを贈り物で表現したいけれどご負担になるのではないか、などと気持ちを自分に向けているような、そんな気がしたのです。

先日、高校時代の友人と会いました。

久しぶりに会ってお話しすることを楽しみに身ひとつで出かけた私でしたが、友人は私にサプライズでクリスマスのプレゼントを贈ってくれました。

仕事をしながら忙しい日々を送る友人が私のことを思い、プレゼントを用意してくれていたことを思うと、感謝の気持ちでいっぱいになりました。

会えることを楽しみにしていただけだった私は、何も用意をしていません。

友人の心配りに嬉しさが込み上げた私は、嬉しい気持ちと一緒に、ありがとうの気持ちが込み上げ、「私も友人を喜ばせたい」と思いました。

その後、私はどうすれば友人に喜んでもらえるかを懸命に考えました。

そして実行したことに、友人は大変喜んでくれたのです。


本心からのありがとうは、相手にも喜んでもらいたいという気持ちが起きるもの。

普段から使っている「ありがとうを伝える言葉」はどこか自分に向いている感じで、相手に向いている言葉ではないのかもしれないなぁと思ったのです。


「伝える」のではなく「伝わる」もの。

なかなかややこしいのですが、「ありがとう」を「伝わる」ものとして改めて感謝の気持ちを伝えていきたいなぁと、そんなふうに思ったのでした。

14　外へ出した宝物は磨かれる

ＳＮＳで毎日たくさんの方の投稿を拝見させて頂きますが、どの投稿にもそれぞれに書いている方の個性や考え方が滲み出ており、感慨深く拝見したり、面白いなぁと思いながら拝見したりと、気づけば毎日の楽しみに。

たった一言であっても、自分の考えや思いを書くことや言葉で表現することは、物作りをする方々との共通性を持つクリエイティブな行為だと思います。

現代産業の進歩によって過去には知り得なかった世代の違う方の呟きや自己表現がＳＮＳ上に垣間見え、世代の違いによる壁も薄くなっているような気がします。

私自身温めていた考えを文字にして発信しておりますが、時代の流れの中でたくさんの影響を受けながら、自分の過去の経験や、心に内在しているものが融合し、私自身の表現になっているのだと思います。

また投稿した内容にコメントできるというシステムには賛否両論あるものの、そのコメントによって投稿した表現をこんな風に感じる方がいらっしゃるのだなぁと、さらにまた人に対する興味も湧いてくるものです。

心に温め大切にしてきた考えや発想は「宝物」だと思います。

そして宝物は温めた分だけ発酵し、より味わい深いものになるのかもしれません。

自宅や好きな場所から自分の経験や考え、気持ちを発信できる時代。

どのような形でもそれを言語化して人に伝えてみた時、外に出た宝物はまた新たな形となって今の自分と融合する。

この繰り返しは原石が磨かれるように「宝物」を輝かせるのだと思うのです。

温めてきた宝物を誰かに伝えてみること、それを繰り返していくことは、自分の宝物を磨くことになるのではないか。

そう考えながら今日も温めた宝物を広い海に放してみるのでした（笑）。

15 〈歩〉だった私が〈と金〉になった時

今回は笑顔の大切さについて私が気づいたきっかけとなる、思い出のエピソードを書かせて頂こうと思います。

北海道札幌市の西側に西野という名の土地があります。手稲山が間近に見え、近くには美しい発寒川が流れるこの土地で幼い頃の私は育ちました。

山の自然の恩恵に包まれているようなその場所で過ごした子ども時代ですが、今振り返るとなかなかヘビーな環境でした（笑）。

当時3歳ずつ歳の離れた兄たちと私はよく家の裏手にあった森林で遊んでいました。後に小学校が建てられたその森林は、子どもにとって絶好の探検場所で、新しい遊びを思いついては毎日のように友だちを連れて遊ぶ兄たちの姿が幼い私には輝いて見えました。

しかしまだ幼かった私は兄たちにとって足手まといだったのでしょう。

気がつけば私を置いて二人が遊びに行くこともしばしば。

私に自ら探検に行きたくないと思わせるためか、蝮《まむし》の脱け殻を発見しては兄はそれを私に見せて怖がらせてくれました（苦笑）。

森林の側に大きな栗の木がそびえ立ち、その木に登った兄の真似をして何とか必死に私も登るのですが、降りることができなくなり、兄にどうにか助けてもらいながら低い枝までやっと辿り着く。

しかし飛び降りた先で、お尻や足が木の下に落ちていたたくさんの栗いがに命中して泣くこともありました。

雪の積もる冬には森を探検しながら子どもが両手で抱きしめられるほどの大きな雪玉を作り、それを小さな細い川に転がして橋代わりに向こうへ渡ります。

兄はひょいひょいと身軽に渡りながら私にお手本を見せるのですが、怖くて渡れずにいた私がようやく渡る決心をしてトライした瞬間、既に何度も踏まれた雪玉は半分にくずれ、見事に川に落ち、また泣く私。

そんなことがある度に私は両親に泣きながら自分がとても怖い体験をしたことを話していました。

するといつも兄はこっぴどく父に叱られます。

当然ながら次第に兄たちが私を探検に連れて行くことは減ってしまいました。

毎日楽しそうに探検へ向かう兄たちと一緒に行きたかった私は怖い思いをして泣きたくなる時にも我慢をし、笑ってみせるようになりました。

怪我をしても笑って強がっていた兄たちを間近で見ていたことも、そうするようになった理由かもしれません。

ある日、下の兄と家で将棋をしていた時、駒の意味もよく理解せず間違いを繰り返す私に苛立った兄から「美穂は《歩》だ！」と、言われたことがありました（今考えると兄も子どもだなぁ［笑］）。

わからないなりにも「歩」が一番弱い駒だという認識のあった私は、心では傷つき怒りながらも笑っていました（未だに覚えているのですからよっぽど衝撃的だったのでしょう）。

「弱いと遊んでもらえない」

この思いが私の気持ちの中に植えつけられていったのです。

成長とともに、私にもようやく女の子の友だちができるようになりました。

しかし、一人遊びか、ほとんど兄たちとその仲間との遊びしか経験してこなかった私は、女の子と一緒に遊ぶことに慣れていませんでした。

小学校2年生の頃、クラスに中心的な女の子がいました。

その子の言うことは他の女の子に影響を与えるような、カリスマ的な存在でした。

その女の子がある時、自分の好きな男の子と、もう一人クラスで目立つタイプの男の子のどちらを選ぶか？という当時の私には謎の質問をクラス中の女の子に仲間と聞いてまわっていました。

その子の好きな男の子を選べば、その女の子のグループに入れるということだったそうですが、全く意図を理解できていなかった私は空気も読めずに笑いながら「選べない」とはっきり伝えてしまったのです。

その後私はその女の子から完全に無視されるようになりました。

当然他の女の子もあまり積極的に話をしてくれません。

時折笑い合う相手が男の子だけになってしまった私。

一人でいるのは好きでしたが、その時は一人でいることをとても寂しく感じていました。

それから数日後、家に突然その女の子が訪ねてきました。

そして、「美穂ちゃんはいつもにこにこしているからニコちゃんって呼ぶね」と言って、無視したことを謝りにきてくれたのです。

「ニコちゃん」と呼ばれるのは微妙な気持ちでしたが、また仲良くしてもらえることが嬉しくて笑っていた私に、

「美穂ちゃんの笑顔はみんなを元気にしてくれる」みたいなこと（肝心な言葉を忘れてしまいましたが）を彼女は言ってくれたのです。

「弱いと遊んでもらえない」から笑顔を作っていた私の気持ちの中に、この時初めて新鮮な風が吹いたのです。

「笑顔は人を元気にする」

「歩」だと言われた私ですが、裏を返せば「と金」になって私の笑顔は周りにも影響を与える強い力になれるのかもしれない！

自分のための笑顔でも、周りに元気を与えることができるのなら、私はやっぱり笑っ

て生きたいと思いました。

子どもの頃、川で遊んでいた下の兄が、骨が見えるほどの大怪我をして上の兄と一緒に帰宅したことをふと思い出しました。

血が出た足に真っ白い骨が見えた時は恐怖心でいっぱいでしたが、兄にひきつった笑顔を見た時、私は泣きそうになりながらも「大丈夫かも」と、ささやかに安心していたのです。

幼い頃を思い出し、改めて「笑顔のパワー」を感じつつ、文章に集中し過ぎて痺れた足を擦りながら、側にいる娘に苦笑いしている私です（笑）。

16　積み重ねていく時間

このところ、時間が足りないと感じながら日々を過ごしていました。

文章を書くことは私にとって「自分と向き合う」大切な時間なのですが、最近はツイッターの140文字の文章を一つ書くだけで精一杯という状態で、気持ちが悶々としていました。

生活の優先順位を考えると、文章を考える時間は後回しになっていたのです。

生活や仕事に必要なことはできているのに、なぜこんなに悶々とするのだろうと、今回は深呼吸をする気持ちで考えてみました。

フリーランスのカウンセラーとして、仕事の繋がりを大切にしたり、知識を得るための時間を持つことは大変重要です。

仕事に向き合う時間が自分にとって前向きに生きる原動力となっていると言っても過言ではありません。

しかし仕事の目標に意識が向くあまり、忙しい中ですぐにできないことに時間を使うのはもったいないと感じていたのです。

一日24時間。

最近この24時間という数字に気持ちが囚われ、今目の前に置かれている「やることリスト」に対し「如何に効率よく時間を使うか」ということばかりを強く意識していた感じがします。

考えてみると、私は最近「時間」を「使うもの」として捉えていたのだと思います。

「効率のよい時間の使い方」

「時間を無駄にしない」

大切なことではありますが、こういった言葉は本来時間を「流れ」として捉えていないのではないかと思うのです。

時間は本来使うものではなく「流れ」です。

使っても増えないものが時間であり、「有効に活用」するという考えそのものが自分を「時間が足りない」という気持ちにさせていたのではないかと思ったのです。

私は10年以上前から着ているセーターを持っています。

今もこのセーターを着ながら文章を考えているのですが、一番着心地のよい冬の相棒です。

これまで何度も手洗いしたり、クリーニングへ出したりと手をかけてきました。

今は洋服も値段があってないようなものも増え、手洗いしたり、クリーニングへ出す時間を使うくらいなら、安い品を購入し、次の年にまた新しい品に買い替えるという方もいらっしゃいます。

私も普段履く靴下などはシーズンごとに買い替えています。

しかし、手をかけながら長く着ている相棒は、少し縮んだ感じすら愛着も湧き、今まで以上に私の心と身体を温めてくれています。


こうして手をかけ、大切につき合っていくことは、忙しい日々の生活の中ではつい後回しにしてしまうこともあります。

しかしそうして積み重ねてきたものの価値を感じてみると、それはかけがえのない大切な存在になっているのです。

ですから私は「時間を有効に使うことを優先したい気持ち」を持つと同時に「有効に使うことに逆らうような気持ち」ももつのです。

これが最近悶々としていた理由かもしれません。

自分に問いかけながら、自分と向き合い、こうして文章を書いているこの時間を「減るものではなく積み上げられていくもの」として捉えてみると、そこには自分の世界を少しずつ広げていける大きな価値を感じます。

時間をかけるほどに、自分の世界を感じる喜びはかけがえのないものだと、ゆっくり時間を味わっていたのでした。

ちなみに私にとってツイッターの１４０文字は、思考の「種まき」のようなもの。種まきをした後、さらにそこからなぜそう思ったか、ここからどのように繋がっていくだろう……と深く掘り下げながら育てている感じです。

「すぐに手に入らないものを積み重ねていく時間」を、これからも大切にしていこうと思います。

● 気持ちを切り替えたい時のライフハック ●

水に流す

物事が思うようにいかず悶々とすることがありますが、原因が人との関係だったりすることも多くあります。

でも、人を変えるのはなかなか至難の業。

かといって、自分を変えることもなかなか難しいかもしれません。

私がしていることなのですが、「水に流す」というイメージを強く持ちながら「悪い気を流す」というのはいかがでしょう。

根本的な解決にはなりませんが、「今日のところは水に流す」というイメージでシャワーを浴びると少しばかり悶々とした気持ちが薄れていくような気がします。

水は厳しいのでぬるま湯ですが（笑）。

カモミールやラベンダーのアロマオイルを数滴洗い場に垂らしてシャワー

を浴びると癒し効果もあるそうです。
いったんリセット。ひと休み、ひと休み。

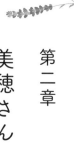

第二章　美穂さんの子育て観

17　好きの後始末

スキーヤーの多い北海道。

私の息子も幼い時からスキーを始め、小学校に上がる頃には母親の私が追いつけないほどのスピード感を楽しむようになり、小学生の頃はアルペンスキーを習っていました。

毎日学校から帰宅するとすぐに支度をして、山へ行ってはナイターの終わる時間まで滑ります。

どんな吹雪の日も山が開いている限り息子は練習に参加していました。

ある日山から下りた彼を迎えに行ったところ、歩いてくる彼の横についていた監督が私に「手首を痛めたらしいが、本人は大丈夫だと言って滑っていた」と話をしてくれました。

しかし息子は私の車に乗った途端に「痛い」と言い出し、苦渋の表情を浮かべています。

よく見るとかなり腫れている。慌てた私はそのまま救急へ行き、診察して頂くことにしました。

診断では手首が骨折しているとのこと。

こんな状態で滑り続けるほどにスキーが好きだったのかと驚きました。

彼は野球のチームにも入っていたため、休日は野球の練習に行っていました。

スキーの練習はほぼ平日の夕方からのナイターだけでしたが、型に嵌めず自由に何本も滑ってみることを大切にしてくれた監督の方針が息子にはとても合っていたようで、大きく成長した時期がありました。

ところが高学年になると技術を意識することも大切になり、平日夕方の練習だけでは足りず、より多くの練習時間を求められるようになりました。

休日になるとチームのメンバーは平日行けない山を滑ったり、厳しい特別プログラムをこなします。

野球の練習があるためそれができない彼は技術的に大きく差がついてきたことを感じているようでした。

大会に出ても、チームのメンバーが優勝するのに対して、予選通過できないこともありました。

だんだんと差が出てくるにつれ、負けず嫌いな息子の目の輝きが次第に失われていることを私は感じていました。

その時の私は、練習も積極的に行く気にならない息子の気持ちは分かりながらも、これまで積み重ねてきたものを手放してしまうのが惜しいという考えが先に立ち、苦しんでいる息子にスキーから離れることを提案できないまま、2月を迎えました。

2月になると、北海道で毎年アルペンの大きな大会があります。

彼もエントリーはしていましたが、予選通過も厳しいだろうと思っていたある日、

「こっちの大会に出るわ」

と、息子が私に見せたのは、地域の小さな大会のチラシでした。

チームメンバーのほとんどが、同じ日に開催される大きな大会に出場する中、アルペン初心者の子どもも出場するような地域の大会に出場を決めた息子のことを考えると、私は少し複雑な気持ちになりました。

大会当日、車を運転しながらバックミラーに映る彼の思いを気にしつつ、特に会話をすることもなく到着。

大きな大会とは違い、和気あいあいとした山の雰囲気の中、複雑な気持ちのままでいる私に息子は、

「楽しんでくるから」

と言って、スキーを持って山を上がって行きました。

たくさんの出場選手が順番にタイムを競って山から滑り出します。

山の下で応援しているご家族たちの掛け声は当然山の上にいる選手には聞こえないのに、皆温かい声援を送っていました。

そして気づけば私も選手皆に声援を送っていました。

大会が終わり、私に笑顔を見せながら戻ってきた息子はこの大会で優勝を収めました。

滑り終わった後の息子の表情を見て、息子はこの大会で優勝したことが嬉しかった

だけでなく、「スキーを楽しむ」という選択をし、夢中で楽しんでいた頃のように思い切り滑ることができたことを喜んでいたのではないかと、久しぶりに清々しい彼の表情を見ながら私はそう感じたのです。

そして息子にとってこの日がアルペン最後の大会となりました。

今、成長した息子は相変わらずスキーを楽しんでいます。

続ける道、やめる道、どちらかを選択しなければならない時はあります。好きから始めたことに対してやめる選択をしたとしても「気持ちの後始末」ができた時、好きという気持ちは続いていくのではないかと思ったのでした。

18　母として

親元から離れて生活している長女が久しぶりにやって来て、「遅れてごめんね」と言いながら母の日のプレゼントを贈ってくれました。

仕事で忙しい中来てくれた娘に何かしてあげたい気持ちでしたが、あまり時間がないようで、一緒にいられた短い時間はおもしろ動画の話を少ししただけ。私は結局何もできないまま娘は帰ってしまいました。

ちゃんと食べてる？

仕事の調子はどう？

楽しんでる？

笑ってる？

困ったことはない？

などなど、たくさんの感情が私の中で込み上げているのに、口にした言葉は、

「ありがとう、気をつけてね」

それだけになってしまいました。


娘が帰ってしまってから、贈ってもらったケーキの上に乗っている「感謝」と書かれたチョコレートプレートを見て、感謝するのは私の方だと、そう思いながらあっという間にまた自分の世界に戻って行った娘の笑顔を、少し複雑な気持ちで思い出していました。

野菜もちゃんと食べてね。

早く寝ないとね。

友だちには親切にね。

時には叱ったり、時には心配で眠れなかったり、本気で怒っていたことすら、今では娘からもらった愛おしく大切な記憶です。


「ありがとう、気をつけてね」

今はそれだけになっている。

「思う存分生きてほしい」

今母として娘に願うことはそれだけになりました。

でも私はこれからも、いつまでもあなたの母親です。

ありがとう。

19　清濁併せ呑む子育て

親というものは子どもに正しい道を歩んでほしいと願うものです。

礼儀正しい人の道。

常によく学ぶ人の道。

損得を考えずに物事を全うする人の道。

嘘をつかない人の道。

人に迷惑をかけない人の道。

人のために生きる人の道。

夢を持って実現するための行動力をもつ人の道。

などなど。

私も子育てをしてきた親の一人ですが、少なくとも先に挙げた正しい人の道から外れることもしばしばです（苦笑）。

なのに、子育てをしている時には子どもに正論を言ってしまうことがよくありました。

子どもの反応はたいてい、

「わかってる」「しつこい」

反発されてイラっとすることも度々ありました。

大切なことを話しているのになぜ反発するのか。

話していることを真摯に聞き入れてくれたら良い方向に向かうのに、なんて思ったり。

「親からの正論」を望んでいない子どもの気持ちを察しながらも、思わず正論を言ってしまうのは、実は子どもの話を受け入れていなかったり、自分の弱点を認められていない私がいたからかもしれません。

正しい道を歩めていない自分の弱点を認め、子どもの弱い部分や影の部分も受け入れる「清濁併せ呑む」気持ちで子どもと向き合えた時、親子の関係には深い絆が芽生え、ともに成長していけるようになるのかもしれないと思うのです。

20　一緒にいることが最高のプレゼント

敬老の日に娘と娘の彼氏が私の母の家へ遊びに行きました。
二人が来て、とても喜んだ母。
普段は私の作るご飯を食べている母ですが、久しぶりの手料理で二人をおもてなし。
後から聞いたところ、驚くほどのレパートリーの数々を皆で平らげたとのこと。
その後娘たちは母にケーキをプレゼント（便乗して私も頂きました！）。
もしケーキのプレゼントがなかったとしても、母にとってはとっても嬉しい時間になったことでしょう。

「一緒にいる」というプレゼント。

心に残るプレゼントだと思いました。

21　母の願い

お姉ちゃん二人の下に生まれ育った男の子は気が強いか、大人しいかに分かれると聞いたことがありますが、私の息子は間違いなく気が強く、幼い頃から勝負事には闘志を燃やす性格。

特に得意なスポーツ競技では勝敗に強いこだわりを持ち、勝てば天国負ければ地獄、はっきりとした白黒思考の持ち主でした。

小学生の頃、運動会のリレーで1位を走っていた息子のチームの児童が途中で転んでしまうハプニングがあり、2位を走っていたチームに追い越されたことがありました。

家族で食べる楽しいはずのお昼ご飯の時間も、息子は私が早朝から用意したお昼のお弁当を一切口にせずにずっと不貞腐れていました。

「2位はビリと同じ」と言い放ち、1位でないと不貞腐れる。

周りの人の気持ちを考えることがなかなかできず、きつい言葉で人を傷つけてしまうこともありました。

小学校3年生から地域の野球チームに入団し、野球を始めた息子。

日々夢中で練習をしていましたが、小学校高学年、中学生となるにつれ、得意なスポーツでも思うような結果を出せないことが多くなってきた時に、不機嫌を表に出してしまうことも増えていきました。

当然チームプレーの中でこういった態度は許されません。

試合でもそういった態度からベンチ外になることもありました。

そのような経験から、その場では自分の不満な気持ちを表に出さないよう我慢できるようになりましたが、その我慢の反動が家庭で大きく出るようになり、たいていは母親の私に向かってくる、そんな日々が続きました。

中学時代はクラブチームのキャプテンとしてチームを引っ張っていく役を任されていましたが、彼なりに頑張ったと思っていても、キャプテンとしての成果や評価は彼の求めるものにはなりません。

練習から帰り、玄関前のアプローチでスパイクを洗いながら一人、涙を指で拭っている彼の姿を不意に見ることもありました。

どんどん心が折れていく息子の姿を見なければならず、母親の私にとっても辛い時期でした。

そしてコロナの影響から学校も野球も休みが続く中、何かから逃げるかのように部屋に閉じ籠ることが多くなっていった息子。

私が声をかけても無視をしたり、攻撃的な態度をとることも多々あり、彼の側にいながら私には彼を救うことができず、ただ見守ることしかできませんでした。

そんな当時、大変お世話になった方がおりました。

野球を始めた頃からずっと通い続けていたバッティングセンターのオーナーです。

何度も野球をやめようかと迷う息子に対し、決して押しつけることはせず、行く度にいろいろな方法で「野球が好きだ」という気持ちを彼に思い出させてくれたのです。

そのオーナーの提案で、彼は地方にある全寮制の高校で野球を続けていく選択をしました。

道内では注目される強豪高でももちろん練習も厳しいですし、自宅でのマイペースな生活とは真逆と言っても過言ではない寮生活を迷いながらも選んだ息子。

入寮の日、息子を送り出した時の私はほっとする思いと、途轍もなく切ない気持ちが入り交じっていました。

厳しい寮生活をすることに覚悟が持てずとても迷っていた彼に対し、これが息子にとっては大切な経験になると、自宅から通える札幌の高校をあえて勧めなかった私。

この考えが最善だと思い込み、自分から息子を育てることを放棄してしまったのではないかという気持ちが時折湧いては、私の心を苦しめました。

高校1年の春、北海道はまだ雪があちらこちらに残っています。

寒さでどす黒い顔になりながら、長い時間グランドで練習している子どもたちの中で息子も必死に日々の生活を送っているようでした。

そうして1年が過ぎ、後輩が入学してくる頃には、細かった息子の身体もすっかり逞しく変わり、顔つきも随分と大人らしくなりました。

自信に満ちた表情を見せる息子を目にして、私はようやくこれで良かったと思えるようになりました。

時は経ち、2年生が初めてメインで出場する秋の地方大会がありました。

希望を胸に、日々の辛い練習に耐えてきた子どもたちは、1回戦目から道内ベスト4のチームと対戦することに。

1回から点を入れられ、2回、3回とさらに1点ずつとられていく中、息子の学校はヒットが出ずに苦戦。

それでも4回から盛り返し、少しずつ追いつきます。

しかしまた点をとられ、秋の大会は1回戦で終わってしまいました。

残酷な結果を受け止めなければならない子どもたちの心中を思うと、とても切なく言葉もありませんでした。

期待に応えられず一本のヒットも打てなかった負けず嫌いの息子は、今どんな気持ちでいるだろう。

そしてこれから自分をどう受け止めていくのだろう。

私はそう思いながら帰宅しました。

寮生活を始めてからほとんど電話をしてくることのなかった息子から、その晩突然の電話がありました。

何を話すのだろうと内心緊張が走る私に、息子が初めに口にした言葉は「ごめんなさい」でした。

ほんの2、3分の会話をした後、

「ありがとう。明日からまた頑張るよ」

そう言って、息子は電話を切りました。

思い通りに行かないと、不貞腐れていた息子。

その息子が今、自分の気持ちよりも先に親の気持ちを考えている。

何度もやめようかと迷いながら続けてきた野球。

迷って決めた寮生活。

そのプロセスの中で息子はたくさんの人に支えられ、励まされ、叱られ、そしてたくさんの愛を受けているのだと、この晩私は温かい気持ちに満たされたのでした。

勝負の世界ではどちらに転がっても前に進むことは一緒です。

どちらにも道があることには変わりありませんが、負けた方は茨の道を進むことになるのかもしれません。

しかしその道を歩き続けることをやめないと決めた時、志はさらに強くなっているにちがいない。

そう願う母でした。

22 トリックスター

子どもが中学生だった頃、私は中学校のPTA広報部長として、広報誌を制作したことがあります。

その時に私自身が「トリックスター」としての役割を担ってしまった、というお話を書こうと思います。

トリックスターとは、神話や物語などの文化的な創作物において神や自然界の既存秩序を破壊し、物語を展開していく存在のことです。

そもそも子どもが中学生くらいになると両親ともに仕事をしている保護者も多く、PTAの活動を積極的にやってみたいという方は少ないのが現状です。

学年代表、研修部などいくつかある部の中で、広報部は年に2回発行される広報誌に我が子が活動している写真を載せたいと思って引き受ける親御様がいらっしゃることもあり、比較的スムーズに役員が決まるのですが、この思いが引き金となって、問題は起きてしまったのです。

広報誌の発信先はあくまでも地域の方であり、保護者にだけ向けたものではないため、「子どもの活動写真ばかりを載せるものではない」という説明を始めにさせて頂きます。

この説明を真面目に聞いてくれているのは、初めて子どもが中学校生活を始める1

年生の保護者ばかりで、3年生の保護者になりますと、過去に生徒の写真がたくさん載せられた広報誌を見てきているので説明もほとんど「スルー」となってしまいます。

その年、1、2年生の記事のテーマは、中学校PTAとして地域に発信するテーマで考えられており、取材やアンケートなどは大変手間のかかりそうなものでした。対照的に3年生は学校の課外活動をテーマにしており、そこには子どもたちの写真を貼り、吹き出しやコメントを入れるものです。

それぞれの思いは違いながらも、力を合わせて広報誌の発行ができればそれでよしと、私は考えていました。

広報部として集まった24人ほどの人数を学年ごとに割り、それぞれの学年で記事を書いていくことに決定。

各学年で都合のよい日を決めて活動していきます。

部長である私は、各学年の集まりに参加してみるのですが、1年生の集まりに行けば、「3年生は写真ばかりの記事で、ほとんど活動していない」、「写真だけでスペース取られると私たちの記事のページ数に影響がでる！」と、批判的。

また、3年生の集まりに行くと、「1年生、2年生の記事が遅れているから写真のスペースが見えてこない！」「もっとペースアップしてほしい！」などこちらも批判的。学年ごとに集まる日が違うため、表面上ぶつかることはありませんでしたが、それぞれに不満を持っているのが私の目には明らかでした。

このままではどんどん関係がぎすぎすしてくるぞ。どうしたものかと考えても、それぞれの思いをまとめる裏技など思いつかず、それでも印刷業者へ発注する日は近づいていく。

そこで私は部長の特権を使い、印刷業者さんには発注日の変更の猶予期間を頂きつつ、誰にも相談することなく独断で、特に記事の多い1、2年生のページの割り当てを多くして、1年生4割、2年生4割、3年生2割と決めてしまったのです。

その結果、どうなったか。

当然3年生の保護者はとてもお怒りになり、数日後学年全体で集まることになりました。

そこで発せられた言葉はなかなか刺激的。

怒りがピークに達した3年生の保護者の一人が、「1年生のただ長くて面白くない記事を優先してこちら（3年生の記事）を減らすとは何事か」と強く言われたところから、それを受けて「写真を貼るだけの記事にページ数をとられたくない」と1年生の保護者が反発。

それまでお互い心に抱えていたモヤモヤが爆発した瞬間でした。

チーン。

とにかく私が蒔いた種なのですから、

「申し訳ありません。私の勝手な判断で皆様にご迷惑かけました」と平謝り。

それから数日後、

「出来の悪い部長のお陰で私たち争っちゃったわねぇ〜」という感じになり、なんとそれから1、2年生の保護者と、3年生の保護者が時折一緒に活動するようになったのです！

後から聞いた話によると、お互い言い過ぎてしまったことを謝り合ったようで、それからはすっかり皆打ち解けたということでした。

当時、部長の私としてはただただ、「やってしまった（汗）」という気持ちでおりましたが、結果的には皆がまとまり広報誌も無事に発行できたのです。

表面的には安定している状況に見えても、実は沸々と湧き出る不満を持ち合う関係。これを壊すことによって状況は一変することもあります（悪化する可能性も大きいのですが）。

小さな経験とはいえ、この経験によって私は、壊れた状態から新たに建設的なものが生み出されることを、身をもって学ばせて頂いたのでした。

そして私はその後、当時広報部担当だった先生に背中を「ドン」と押され、学校の事務局に5年間在籍することになってしまった……いえ、させて頂いたのでした。

それにしてもトリックスターの妖精は、私の身体を媒体にいたずらをしたのかもしれないなぁと考えながら、いやはやこの役はとても厳しい、と思ったのでした。

世の中のトリックスターの方々に敬礼。

23　子どもを育てるということ

結婚後三人の子育てに長い間専念してきた私は夫の仕事の都合で10年以上の転勤生活をしてきました。

それまで家族や友人から遠く離れたことのなかった私でしたが、結婚して知り合いのいない転勤先で産まれたばかりの赤子を連れて家族で暮らすことは、当時の私には疑問にすらならない当然のことでした。

夫が1年で再び転勤になることもあり、その土地に馴染み、ようやく人との繋がりができたと思う頃にはまた転勤。

そんな引っ越しの多い生活を繰り返してきました。

長女が赤子の頃は、夫も仕事でほとんど家にいない状況でした。

自由に出かけることもできない中、初めは友だちもできず、家で子どもと二人きり。

どうしたものかと考えながら、心の奥では社会との繋がりを欲し、子どもが寝ている間に勉強をしたり、常に自分のキャリアを意識して生活していた記憶があります。

思うように子どもが寝てくれなかったり、体調をくずしてしまった時は自分もほとんど睡眠をとれず、当然やりたいこともできずにイライラしたり、なぜか涙が溢れてきたりする時もあり、自分の将来が真っ暗に感じてしまうこともありました。


それでも月日の経過とともに、共感できる友だちを求める気持ちが強くなり、また転勤生活に慣れてきたこともあったせいか、新しい土地で知り合いを作るスキルが身につき、幸運にも子育てをする母どうしのつき合いもできるように。

お互いの気持ちを話せる友だちができたことで、子育ての楽しさを感じるようになってきました。

気持ちもだんだんと整理され、子育て中心の生活になっていった私。

早朝のランニングの時間は確保しながらも、自分の時間はどんどん減っていきました。

しかしその頃から私は「子育てを仕事として捉える」ようになっていたのだと思います。

その時ははっきりとそう捉えていたわけではありませんが、規則正しい生活と、毎日の家事はさぼることなく続け、子どもの教育についても当時の私にできることは何でもする勢いで頑張っていたと思います。

しかし、頑張り過ぎて失敗したことも。

自分の思うようにいかない子どもたちに対し、イライラしたり、叱り過ぎたり、今思うと子どもには申し訳なく思うことが多々あります。

例えばピアノを習わせていた次女のピアノ教室に付き添い、娘以上（？）に真剣に先生がおっしゃることをノートに書いては自宅で練習している娘に指摘したり、ヴァイオリンを習う長女と夏季合宿で長野へ行っている間も、電話越しに次女のピアノの練習を聴いたり。

行き過ぎた教育の甲斐あり、コンクールでは高い評価を得られました。

しかし次女が中学生になり、部活も始めることからゆるーく習っていた書道とピアノのどちらかを選択させた時、彼女は迷わず書道を選びました。

こんな調子で、子どもが本来自分で乗り越えなければならないミッションを私の過剰な頑張りが邪魔してしまったことは他にもいろいろあるのだと思います。

今振り返ると失敗だらけの子育てです。

それでも子どもたちはそれぞれに自分の道を自分で選び前に進んでいる。

ピアノをやめた次女は、現在大学生。書道家の道を選ぶこともなく自分が志望した場所に就職を決めました。

子どもから見るとまだまだ至らぬ母親ですが、ただ一つ、私に誇れるものがあるとすれば、とにかくよそ見をせずに本気で子どもに体当たりしてきたことです（その度に学ばせてもらったのは私の方でしたが）。

子育ては、綺麗事ではできません。

倫理観を捨てることもできませんし、投げ出したくなっても、歯をくいしばって親を努めることもあります。

私がたくさんの失敗や逃げ出したい気持ちから、何度も起き上がりこぼしのように起き上がれたのは、社会で子育てをしながらキャリアを積んできた友人の影響が大きいと思っています。

毎朝早くに起き、お弁当や朝食だけでなく名前のない家事もこなしながら自分の身支度もして子どもを保育園に送る。

帰りは保育園が終わるぎりぎりの時間に急いで迎えに行く日もある。

働きながら子育てをしている彼女たちの姿をずっと近くで見てきました。

そんな彼女たちの強く逞しい姿勢に励まされ、与えられた場所で私も真剣に子育てをすることができたのだと思います。


社会で働きながら子育てをする道、家庭に入り子育てをする道、それぞれに選ぶ道は違いますが、子育ての本質を見失うことなく日々働いているという意識は共通している。

彼女たちに憧れて足掻いていた私が次第に自分の生き方に誇りを持てるようになったのもやはり、彼女たちの存在があったからだと思います。


今心から思うこと、それは「子育てはキャリア」だということです。

未だ子育てがブランクとなってしまう日本で、もっと子育てをキャリアと認める社会になってほしい。

子育て中の親御様が誇りを持って臆することなく子育てをしてほしい。

そう願う気持ちは今もやみません。

24　こだわり

子育てをしてきて、今だから気がつくことは多々ありますが、その一つに「頼むこと」があります。

家事を仕事として捉えていた頃の私は、洗濯の干し方、靴の収納、キッチンの整理の仕方、料理の味付けなど（まだまだありますが）、自分のこだわりが強く、家の手伝いを子どもたちにしてもらう時も、出来、不出来の判断基準を自分のこだわりに合わせているところがありました。

子どもたちには「皆で住む家なのだから頼まれなくても綺麗にしようよ」なんて言いながら、自分のこだわりとは違う片付け方をしているのではないかとチェックしてしまうようなこともあり……

ですから当時の私にとって、「頼むこと」は自分の仕事を増やすことになっていたのだと思います。

おそらくこうしたこだわりを持つ母親の言いつけは、子どもたちにとって少なくとも楽しいものではなかったでしょう。

忙しい母を思いやってくれた子どもたちにしてみれば、「自分の家だから綺麗にする」というよりは、母を助けてあげるという「お手伝い」思考になるのも当然だったと思います。

その「お手伝い思考」の子ども達を見て、どうしたもんじゃろのぅ〜と、私はまるで自分を振り返ることができていなかったのです。

当時の私は無意識に「ちゃんとしていなくてはいけない」というこだわり（コンプレックス）があったのだと思います。

自分の子ども時代を振り返ると、家事に対してあまりこだわりの強くなかった母に育てられた私は、母が家事をする姿を見よう見まねで覚え、母から教えてもらうというよりは、自分なりに楽しんでやっていたという感じでした。

子どもたちにも、「失敗しても挫けない自主性を持たせたい」と願いながら、「やるならちゃんとやらなくてはいけない」という気持ちとの間で二律背反（矛盾）した葛藤を抱えていたのだと思います。

「家事＝仕事」の思考がなくなった頃から、私の家事に対する「こだわり」はかなり減りました。

するると、「頼むこと＝助かる」に思考は変化。

今となっては棚の埃を指で拭うのも「チェック」ではなく「掃除」です。

「人に何かを頼む」ことに対し自分でブロックをかけてしまうのは、こういった自分のこだわりが原因の一つなのかもしれません。

一人で抱え過ぎていると感じる時は、こだわるところと、こだわらないところのバランスを見直してみることも大切だなぁと、振り返りながら考えているのでした。

25　相反する気持ち

零下の気温が続く札幌。

外に出ていると身体の芯から冷えてしまい、私はいつにも増して温かいスープが飲みたくなります。

特にお腹が空いている時にラーメン屋さんの前を通りかかると、急ぎ足もなぜかゆっくりとなり、通り過ぎるまでの気持ちの葛藤が半端じゃない（笑）。

濃厚味噌や濃厚醤油のスープに厚めのチャーシュー、札幌の定番ちぢれ麺を想像するだけで判断力は相当鈍り、昨日も危うく夢の世界へ入場してしまいそうでした（汗）。

こうした「気持ちの葛藤」に人は苦しいと感じたり、辛いと感じたりすることがあります。

カウンセリングをさせて頂く中で、クライアント様の悩みの内側にご本人の気づかない「気持ちの葛藤」を見つけることも多々あります。

別れを前提にお話ししていらっしゃる方が、相手の方を想う発言をなさったり、自立できないお子様に悩まれながら、そのお子様の素晴らしい話をされたりと、このように人には相反する気持ちがあるのだと思います。

春から就職する娘は今、仕事に必要な試験を来月受けるために焦っているのですが、大学生活最後のこの時期に楽しんでおきたいこともたくさんあるようで、なかなか勉強が手につかない様子。

試験は受かるまで受け続けるらしいのですが、本人は次の試験までには受かりたいと話しながら、昨夜もアルバイトの後はお友達と食事へ出かけました。

心に重たい葛藤を抱えながら好きなことをしている娘に対し、

「どちらか白黒つけたら？」

と言いたい気持ちもありますが、その気持ちは今のところ抑えている私です。

『来月の試験に受かりたい』それと同時に（ここの接続詞は否定型にしないことがポイント）『好きなことがしたい』んだねぇ」

そんなふうに穏やかに伝えると、娘は娘なりに考えるようです。


何かアドバイスをして白黒つけさせるのではなく、深く共感した上で二つの相反する葛藤を聴く側が示してみる。

まずはご本人が心の内側に隠れている葛藤に気がつくことで、問題解決の糸口が見えてくることもあるのだと思います。


ラーメンは食べたいけれど、食べた数日後にはまた食べたくなる。

そう考えると、運動不足でだるだるの身体にもう少し筋肉をつけて浮腫《むく》まない身体の準備をしておこうと、うっすら決意をしてみる私でした。

第三章
美穂さんから見える
児童支援センターの子どもたち

26　どんなふうに見えますか

私は以前、児童支援センターに勤めていました。
そこで出会った子どもたちから学んだことを、この章で少し書いてみようと思います。

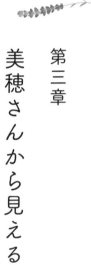

とても恥ずかしがり屋の子がいました。

その子はいつも、慣れていない人から話しかけられると走って逃げてしまいます。

けれどいつも誰かの側にいて、にこにこしながら様子をうかがっている。

そんな感じの子どもです。

ある日皆で一緒にお絵描きをしました。

皆が絵を描き始める中、その子は白い紙を見ながら戸惑っている様子です。

すると、隣にいた子どもが、

「白で描けばいいんだよ」って。

恥ずかしがり屋のその子は白い紙に、白い色鉛筆や白いクレパスで、楽しそうに絵を描き始めました。

隣にいた子どもには、「恥ずかしくて自分の絵を人に見せたくない」という仲間の気持ちがちゃんとわかっていたのです。

白い紙に白い鉛筆で描くことで絵を隠すことができるというその発想に、私はとても驚きました。

そうして絵が描けるようになったその子は、楽しそうに終わりの時間まで描き続けていました。

人は同じものを見ているようで、実はそれぞれ見ている世界は違います。

ですからその子の絵が私には白い世界に見えても、もしかするとその子には、色とりどりの世界が広がっているのかもしれません。

「白で描けばいいんだよ」と教えてくれた子には、また違った世界が見えているのかもしれません。

新しい気づきをくれる子どもたちの感覚に、驚きと尊敬の気持ちを感じずにはいられませんでした。

27　決意すること

カウンセラーも児童支援員も、どちらも人に向き合う仕事ですが、共通して感じることの一つに、「正しいこと」を伝えても相手の心に響いていかないという感触です。

児童の中には、その場所でのルールや決まりを忘れていたり、知らなかったりする子もいるので、正しいことをしっかり伝える必要はあります。

その一方で、大人でも子どもでも、何らかの問題が起きた時に正しいことを伝えても伝わらないという感触。

心のどこかでは「正しいこと」をわかっているのに、「なぜか」問題を起こしてしまうことがあるからだと思います。

このように感じた時に私は、指導員としても、カウンセラーとしても、相手の「心の声」を聴こうとする姿勢に徹します。

指導員としての「言葉かけ」や、カウンセラーとしての「共感」は、「心の声を聴く姿勢」を徹底することで、その都度「決意」する覚悟で行っています。

ある日、これから来る児童（△△さん）のことを、ある一人の児童（○○さん）が、「消えればいいのに」と言ったことから、指導員の一人が○○さんに対し、「これは言ってはいけない言葉、あなたが言われたらどう思う?」と、叱りました。

すると○○さんは、「自分は言われてもいい」と、反論。

暫くやり取りしていると、その指導員に電話が入り、「この問題はまた後で話すから」と、暫くその場からいなくなりました。

拗ねている児童に対し、少し時間を置いて本人に考えてもらうことも必要かもしれません。

しかし下を向き、何か困っているような○○さんの様子から、私は叱った指導員が戻るまでの僅かな時間、○○さんへ問いかけてみる決意をしました。

指導員として未熟な私がする決意ですから、本当のことを言えば内心はとても緊張していました。

それでも「今、この時」に話しかけてみようと思ったのです。

「○○さんが前に、△△さんに親切にしていたことを先生は知っているよ」

「どうして△△さんが消えた方がいいって言ったのかな？」

○○さんは少し顔を上げ、黙っていました。

私はこの○○さんの表情を見て次の決意をし、「××先生の言っていること、○○さんはわかったみたいだね」と伝えてみました。

そして「先生、○○さんが××先生にきちんとお話できるように、近くで応援しているから」と伝え、さりげなくその場にいることにしたのです。

○○さんはその後、戻ってきた指導員に、

「自分の言った言葉が、相手の気持ちを傷つける言葉だとは知らなかった」

「でもこの言葉が、人を傷つける言葉だったとわかった。ごめんなさい」

と、気持ちを伝えました。叱った指導員も○○さんに対し、

「先生もごめんなさい。○○さんは、この言葉が人を傷つける言葉だとは知らないと考えず、あなたをすぐに叱ってしまったことは悪かった」

「でも、わかってくれてありがとう」と、伝えました。

○○さんはこの後、のびのびとした表情になって、「消えればいいのに」と言ってしまった△△さんと遊んでいました。

「決意」は「正しいこと」とは違い、時に間違えることもあります。

この時も私の決意が違っていたら、○○さんは自分の気持ちを表すことも、反省することも遅れてしまう可能性がありました。

その時は謝り、またタイミングを見ながら対峙していくしかないのかもしれません。

今回の経験からも「今、この時」を見逃さないよう、真剣に向き合う気持ちを忘れないでいたいと、改めて思ったのでした。

28　今ここで走れるのなら

児童支援センターに来る子どもたちは、学校や家庭では見せない、ここでだけの自分を表現することがあります。

「こうなりたい」という憧れを強く持ちながらも現実にそうなれないことは、大人だけでなく子どもにとってもあるものです。

運動会シーズンだった頃、そう言いながら支援センター内を思い切り走る男の子がいました。

「僕、学校でリレーの選手になったよ！」

しかし、本当はそうじゃないことを私は親御様から聞いていました。

そして今も「ここでは」リレーの選手でいたい彼の気持ちは続いています。

かけっこや鬼ごっこが大好きな彼は、自由時間になるといつも生き生きと汗をかきながら、とにかく真剣に走っているのです。

ゴールは見えなくても、今、彼がこの場所で思い切り走れるのならそれでいいじゃないかと、私はそう思うのです。

● 気持ちを上げたい時のライフハック ●

自分だけに効くお守りのすすめ

私が元気になれるアイテム。いい大人があまり大きな声では言いづらいのですが、実は「マーブル」（チョコレート）です。

こちらは株式会社明治さんが製造・販売している日本初の粒状のチョコレートで、幼い頃から大好きな、私のよき思い出の一品でもあり、今も販売されているロングセラー商品です（感謝）。

丸い筒から出てくる色とりどりのまぁるい粒を見るだけで癒されますし、外側のコーティングのカリッとした食感もたまりません。

と、マーブルチョコレートの宣伝をしたいわけではありません（笑）。

情報量の多い現代社会では自分にとって刺激の強い情報も多々あるかと思います。

ポジティブになれるよい刺激もありますが、見た後に何だか疲れを感じるものも。

そういった情報を見ることで、気持ちがマイナスへ向かうとわかっていながら、つい気になって見てしまうことがあります。

これは「人が刺激のないことを退屈だと感じ、無意識に刺激を得たい」と思う習性から来るものです。

また仕事においては、自分では選べない情報に対応していかなくてはならないことも多々ありますから、肉体と精神のバランスが知らぬ間にくずれてしまうこともあります。

私たちは活動する中で、ネガティブな感情に押し潰されないよう、受けた刺激を高速で気にしないように努めたり、気がつかないようにしたりして、テンションを上げることもあります。

テンションを上げることは活動する上で必要なことですが、無理に上げた気持ちが長く続くと心身の感覚にズレが生じてきます。

この、つい気になって見てしまう情報や、選べない情報による影響から来る「肉体と精神のズレ」は、本来生まれながらにして人が持っている、自分の人生を作り出すための「創造力」を鈍らせてしまうものだと思うのです。

心身のバランスを調節してくれるようなアイテムは大変役に立つと思います。

大好きなマーブルチョコレート。
カラフルな色、優しい甘さ、癒される形。そして、懐かしさ。
持ち歩けるこのアイテムは、私の精神を清めてくれるようなお守り的な存在です。

あなたのお守りアイテムは何でしょうか?
科学的な根拠はないかもしれませんが、自分だけに効くお守り効果、侮れません!

第四章 美穂さんが作品から感じたこと

29 「火」の力について～化学と好奇心（恋愛編）

私は常々「人の感情が自然と融合している」ように感じており、自然が起こす化学反応としての火の力と人の気持ちにはどこか融合するものがあると感じています。

そんな私は『絶対に面白い化学入門 世界史は化学でできている』（左巻健男著 ダイヤモンド社 2021年）という本を読んだことから（書籍の内容からは外れますが）、人の感情と自然の融合にさらなる興味を持ちました。

本の冒頭には、原始の人類が野火や山火事などの「燃焼」という化学反応に対し、他の動物と同様に「おそれ」を抱きながらも、その恐れを乗り越え、火に近づき、火遊びをする過程を経て、次第に火を利用するようになったといったことが書かれています。

また、恐れを乗り越えた根本の理由について、それは本来人類が持つ「好奇心」の表れでもあり、火への接近・接触を繰り返す中で、火を利用することの「有用性」を学んでいったのではと推論されていました。

「火」に対して「おそれ」を持っていた人間が、なぜ火を利用し始めたのかという問いに対し、著者の左巻健男さんが、きっかけは「好奇心」の表れだと書かれていたことに深く共感した私。

そこで、自然の一部として人間を捉えた場合、本来人間の持つ「好奇心」をコミュニケーションに当てはめて考えてみても面白そうだと「好奇心」を持ったのです（笑）。

ものはすべて小さな粒子でできていて、その粒子が振動して熱くなると燃えます。そしてその振動が大きくなるほど温度は高くなります。

ここで、「もの」を「人の心（感情）」に置き換えてみます。

例えば、好ましいと思う女性を「好奇心」から食事に誘った男性がいたとします。

女性はその男性に対して恋愛感情はなく、友としては楽しそうだからと、これもまた「好奇心」から誘いを受けます。

お互い目的の違う「好奇心」からの発動です。

「二人だけの食事」に応えてくれた女性に対し、男性は恋愛感情の粒子を振動させながら女性との会話（摩擦）の時間を増やしていきます。

会う回数が増えるにつれ、男性の炎は大きくなっていく。

逆に、男性の炎よりずっと小さな炎しか持たない女性は、男性の存在が重荷になり、男性に対する好奇心の炎は減少していきます。

炎がピークに至った男性は女性に告白しますが、断られてしまいます。

好きという炎と、怒りや悲しみといった炎が混ざり、炎はさらに大きくなる。

女性はその大きくなった男性の炎に恐れを感じ、恐れと拒否の粒子を燃やす。

この時のお互いの感情は平行して燃えている感じです。

その両方の炎が燃え尽きるには炎の大きさの分だけ時間がかかります。

この場合、男性の炎が消えるまでの時間は女性のそれより長くかかるかもしれません。

炎が燃え尽きたその後の上昇気流には、燃焼によって生成された二酸化炭素を除去し、新しい酸素を供給する働きもあるため、炎が燃え尽きた後でも再び火をつけること（人を好きになること）ができるのです。

全くもってこれはすべて私の妄想話ですが、人の好奇心からの発動は、自然の循環作用と似ているなぁと思います。

「人の感情が自然と融合しているように感じる」のは、やはり化学との結びつきが関係しているのではないかと、偶然読んだ書籍から、また「好奇心」の芽がむくむくと出てくるのでした。

30 歳を重ねていくこと

アンデルセン童話の中に、人間に恋をした人魚が意を決して自分の美しい声と引き換えに魔女から人間の足をもらったにもかかわらず、その恋は実ることのないまま最後まで自分を犠牲にして愛を貫いたというお話があります。

その本を幼い頃から読んでいた影響からか、私は子どもの頃「もしも自分の欲しいものを持っている誰かと、自分の持っている何かを取り替えることができたとしたら、自分は何を差し出すだろう」といったことを考えていました。

小学生の頃、喘息のせいであまり外遊びができなかった友人は、たくさんの人気玩具を持っていました。

外遊びができない彼女の玩具と交換で、病気で学校を休んだことなどほとんどなかった私の丈夫な体力を少し分けたいと思っていました。

中学生の頃は、天然パーマを気にしていた頭のよい生徒会長の頭脳と交換で、私のストレートの髪の毛を差し出したかった……

大学時代ですら、当時70代でゴールド運転免許を返納しようとしていた叔母の運転技術が欲しくて、その代わりに私の若さを少し差し出したいと考えていました。

また辛いことが続いていた時期には、それでも体調をくずさない自分の健康を恨んだことも。

元気になりたい方と代われるのなら、代わりに倒れて入院でもしていたいと本気で思ったこともありますし、ひどい時にはこの命を本気で生きたいと願う誰かに捧げたいと思うこともありました。

すべて自分勝手な妄想ですから願いは叶うことなく、今は叶えて頂かなかったことに心から感謝しています。

そんな私でしたが、相当な疲れをためても少し休めば復活していた若い頃の体力や、不自由のない健康は、決して当たり前などではなかったということを、今になってようやく実感するようになりました。

定期的に染めなければすぐに白い髪が目立ってくるようになったり、お手洗いへ行く回数が増えたり、腰痛や、以前はなかった突然の頭痛、老眼の悪化、肩の痛み……挙げ始めると、きりがありません（苦笑）。

幸運にも五体満足な身体を与えられた私は、大切な健康の価値をこれまで心底感じてこなかったのだと思いますし、それが当たり前だと思っていたのです。

これまでの人生を振り返ると、身体は健康な私でも、突然の「死」を感じたことはありました。

大型トラックも多い雪道を運転していて、アイスバーン（圧雪などで路面がツルツルに凍りついた状態）で車が一回転し、対向車がギリギリ停まってくれた時のこと、海で突然足がつって溺れそうになった時のこと、スキューバダイビングを一緒にしていた友人のボンベのエアーが切れてしまい、残り少ない私のエアーを二人でシェアした時のことを思い出します。

突然のハプニングで死を連想したことはありましたが、奇跡的に助かった出来事すら次第に忘れ、また健康が当たり前の生活に。

しかし年齢とともに、今まで身体に感じることのなかったさまざまなトラブルを、じわりじわりと抱え始め、こういったいわゆる老化現象は、忘れることなくこの先もつき合っていくものになりそうで、今になって身体の不自由さを実感し始めています。

そしてこの不自由さを実感しながら、これまで運よく助けられ、自分が如何に恵まれていたかを知り、以前よりは日々のストレッチや運動を心がけたり、食べるものに気をつけたりと、健康を保つ努力をするようになりました。

「頂いた命に感謝し、それを懸命に生かすこと」

平均寿命の半分以上を生かして頂きながら、この言葉の意味をようやく少しずつ感じている私です。

「歳を重ねていくこと」は、さまざまな経験を通して先人たちのお気持ちを感じたり、こうして生かして頂く奇跡を実感したり、今の私にはまだまだ想像もできない真理を知ることとなのかもしれないと、そんなふうに思います。

美しい声を代償にした人魚姫は願いが叶い、自分の生きる場所を捨てて人間の足をもらいましたが、私は今この場所で、トラブルの起こり始めた身体を大切に頂いた命を精一杯生きたいと思います。

31 儚いもの

シャラの木を育てている友人から花の蕾がたくさんついた枝を頂きました。

花は初夏に咲き、友人宅の庭で育つこの木には白い花と無数の蕾がついて大変見事でした。

薄黄みがかった白い花。

次々と咲いては半日ほどで落ちてしまうそうで、何とも儚さを感じます。

そして「儚いもの」を美しいと思う気持ちは日本人が昔から持っている美意識の一つではないかと思います。

この木を見て、平家物語に出てくる「沙羅双樹《さらそうじゅ》」を思い出しました。

平家物語に出てくる沙羅双樹《サラソウジュ》は、実は「沙羅《サラ》の木」というインド原産のフタバガキ科の樹木で、高さ30mにもなる熱帯の常緑樹なのだそうです。

本物の沙羅双樹ではないそうですが、日本のシャラの木はこれにとても似ていると思います。

平家物語「祇園精舎」

〔祇園精舎の鐘の声、諸行無常の響あり。娑羅双樹の花の色、盛者必衰の理をあらはす。おごれる人も久しからず、ただ春の夜の夢のごとし。たけき者も遂にはほろびぬ、ひとへに風の前の塵に同じ〕

※祇園精舎の鐘の音には、諸行無常（すべての現象は刻々に変化して同じ状態ではないこと）を示す響きがあり、お釈迦様が入滅の時に枯れて白くなったという沙羅双樹

の花の色は、盛んな者も必ず衰えるという道理を表す。

権勢を誇っている人も長くは続かない、まるで春の夜の夢のように儚いものだ。勇ましく猛々しい者も結局は滅んでしまう、風の前の塵と同じようなものである。

たとえ春の夜の夢の様に儚いものであるとしても、そこに確かに存在するものは尊く、今この一瞬一瞬の時を尊び、たとえ風の前の塵と同じであっても宇宙の万物と自分を一体として懸命に生きる姿勢こそがこの世に生きるものの美しい姿なのだ、と私は前向きに解釈しています。

シャラの花はあっという間に落ちましたが、花開いた儚い時は美しく私の記憶に残ることでしょう。

32　サンタクロースに何をお願いするか

毎年クリスマスシーズンになると、サンタさんへお願いごとを書いているお子様の様子をSNSにも投稿される方がいらして、私はいつも楽しみに拝見させて頂いております。

サンタクロースの存在を純粋に信じ、思いを込めてサンタさんに手紙を書く子どもたちのピュアなハートを感じながら一緒にワクワクさせて頂いています。


一般家庭、三人兄妹の末っ子として生まれた私は上の兄とは6歳ちがい。

プレゼントの交渉をする兄に向かって、決して小さいとは言えない声で、

「しーっ。美穂にはサンタさんがくるんだよ」

なんて話している母の声が聞こえたのかどうかはあまり覚えていませんが、とにかく私は物心ついた頃には我が家にくるサンタクロースの正体は父であることを知っておりました。

ですから子どもながらに無理なプレゼントをお願いしたことはなかったように思います。

私の玩具は小さな段ボール箱に収まる程度でしたから片付けも簡単でした。

子どもの頃の私は、新聞に挟んであるチラシが大好物。

絵を描くのが好きだったので、画用紙がなくなると、普段からストックしていた裏

面が白いチラシを画用紙代わりに使っていました（今のチラシは白い面がほとんどなくなりましたね）。

また、チラシに掲載されている食品や、衣料品、生活用品などの写真をそれぞれハサミで切り取ってはそれらを並べてお店やさんごっこ。

さらにワクワクしたのが、クリスマスの時季になると玩具屋さんの大きなチラシいっぱいに載せられるさまざまな玩具の写真です。

それらを切り取り、テーブルいっぱいに並べてデパートごっこをするのが大好きでした。


今思えばものはなくても充分に楽しかった遊びです。

欲しいものはお金を払えばすぐに手に入ることを知るうちに、次第に私はワクワクしながらチラシを見ることがなくなりました。


そんな思い出も忘れていた私でしたが、あるミュージシャンの曲の、「見えるか見えないかわからないほうき星を探しに望遠鏡をかついでいく」といった内容の歌詞を初めて知った時、何ともそわそわした気分になり、大人の自分もほうき星を探すことを忘れたくないと強く思ったのです。

「大人の心」と「子どもの心」のバランスは大切です。

しかし安定を求めるうちに、大人の心に子どもの心が負けてしまうこともあるかもしれない、と。


子どもの頃は見えるものが欲しかった私ですが、もし今サンタさんにお願いすることができるなら、大人になって持つことを諦めかけていた「純真な気持ち」や「ピュアな創造力」をお願いしたいと思います。


夢のような願いごとを考えていた私に、ある方がアメリカの有名な工業デザイナーの言葉を教えて下さいました。

「創造する」ということは「物事を結びつけることに過ぎない」ことだと。

「在るものを結んでいく力」が「創造力」だとすれば、それを養うためのイマジネーションが必要であり、それを得るためには多くの経験をして、その経験についてよくよく考えてみることが不可欠です。

そう考えると、大人も子どももともに「創造力」を持つことができるかもしれないと、新たな希望を持ったのです。

見えないものを欲しいと思う私ですが、やはりそれらを得るための努力は欠かせないようです。

与えられた一日、一日の経験を大切にしていこうと思います。

第五章
美穂さんが父を想う時

33　哀しみも自然に帰依する

父の命日は、ラベンダーの花が美しく咲く季節です。

コロナ禍で亡くなった父とは、最後の時も一緒にいられませんでした。

孤独の中、一人で逝ってしまった父を想うと、哀しくて、寂しくて、切なくて、やるせない思いでした。

葬儀はしましたが、私には当時したはずのその準備の記憶がありません。

パンデミックの世の中に悔しさを抱きながら、家族とともに仕方ないと諦めたあの日。

父の亡くなった日から月日は経ち、毎日父の写真に手を合わせながら私の心は父の笑顔に癒されています。

そして三回忌の法要も無事に終わりました。

胸が詰まるような哀しみも、自然はすべてを包んでくれて、いつしか浄化してくれる。

どんなに切なく、悔しく、哀しい気持ちも少しずつ自然の循環に溶け込んでいくのだと思います。


悲しい歴史は人の心に残りながら、人を動かす勇気も持たせてくれる。

そして皆、懸命に前を向こうとしている。

そう信じて私はこれからも前に進んでいこうと思います。

34　希望の花火を観るためのプロセス

道路の脇にススキが目立つようになった北海道。

父が亡くなり寂しい思いでいる母とこの夏最後の思い出作りをするために、車を走らせ洞爺湖の花火を観に行きました。

私が子どもの頃には夏休みになると、毎年のように父の働く会社が当時所有していた洞爺湖の湖畔にある保養所へ家族で泊りに行きました。

父は会社の仲間とお酒を交わしながら語り合い、そこに集まった子どもたちは元気に遊び、母は温泉に癒され、そして夜には家族で湖畔から花火を楽しむ。

こうして昔家族で楽しんだ「思い出の花火」を、今年は母と一緒に観たいと急に思い立ったのです。

平日のせいか夜の山道は他に走る車がほとんどなかったこともあり、予想以上に暗く、少し先も見えない状況でした。

途中、暗がりの道路に狐が急に飛び出してきたりするハプニングもあり、ハンドルを握る手が強くなりました。

車のライトだけを頼りに山道を走る時間がとても長く感じます。

ようやく到着した温泉街は色とりどりのイルミネーションが湖畔までの道を照らし、キラキラと光を放つ遊覧船が真っ暗な湖に浮かんでいます。

到着後間もなく一発目の花火が静かな湖畔に大きな音をたてて打ち上げられました。湖の水が花火の音の後、静かに波打ちます。

連続で打ち上げられるというより、一発、一発が丁寧に打ち上げられる花火。派手さはありませんが上がっては湖畔にゆっくりと消えていく洞爺湖の花火には、こちらにゆっくりと何かを感じさせてくれるような、優しさがあります。

隣にいる母をチラッと横目で見ながら、子どもの頃の思い出と父との思い出を重ね、打ち上げられた花火を楽しみました。

私の父は会社を定年した後も数年働いていましたが、70歳を過ぎた頃から闘病生活が始まり、落ち着いていた生活がそれを境に変化していきました。

長い入院生活の中でストレスからせん妄（時間や場所が急にわからなくなる見当識障害から始まる場合が多く、注意力や思考力が低下してさまざまな症状を引き起こす症状）状態になり、精神科への入院を強いられたことがあります。

手首や腹部をベッドに固定され、父は身動きすらとれない状態になりました。

薬の副作用で意識は宙に浮かんでいるような状態。

長い時間ベッドに縛られ皮膚はただれて赤くなり、無意識の中にいても患部の辛さはあるようで、眉間の皺は深くなっていきました。

そんな父を、母は毎日見舞いに行っては身体を拭いたり薬を塗ったりしてあげていました。

また穏やかに話ができるようになるという父への希望を母は強く持っていたのだと思います。

それでも私はこのまま逝ってしまうのではないかと、そんな考えが浮かんではいたたまれない日々を送っていましたが、医師にも驚かれるほどに父の意識は奇跡的に回復し、だんだんと薬の量も減り、話もできるようになりました。

その後、父のせん妄の症状がすっかりなくなっていき、もともと入院していた病院へ戻ることになりました。

それからの父は自分を苦しめるものが一切なくなったようで、常に穏やかで優しい表情になりました。

そして私が面会に行く度に、これまで聞いたことのなかった父の子ども時代の話や、家族への想いを優しく語ってくれました。

私が帰る時にはいつも励ましの言葉をかけてくれる父。

こんなにも優しい時間が持てるようになることを私はそれまで想像もしていませんでした。


コロナの影響でいよいよ面会が難しくなり、またせん妄状態になってしまうのではないかと心配していましたが、父は最後まで父のままでした。

その年、父が病院で書いたという七夕の短冊には、

「お母さん（母のこと）に幸あれ」と残されていました。

それは父にとって長い人生の最後の希望だったのだと思います。


長い闘病生活の中で、父が父らしく穏やかな気持ちでいられたのは最後の時がくるまでの1年ほど。

「お父さん、今年いくつになった？」

母と話した最後の電話で父は確認するように母に聞いたそうです。

そして間もなく父は一人、静かに亡くなりました。

希望の花火を打ち上げるためのプロセスは楽しいことばかりではないのかもしれません。

時にはどうしようもなく孤独で不安な気持ちを背負いながら、真っ暗な道を歩かなければならないこともあるのかもしれない。

一発の花火も、過去にどれほどの時間と、どれほどの失敗を経てできているのだろう。希望の花火の打ち上げを願う気持ちは人生の最後を迎える時までずっと持ち続けていたいと、夏の終わりに洞爺湖の花火を観ながら思っていたのでした。

35　人生の師

「人生の師」とは、何かを教えてくれた人ではなく、よい関係が築けた人でもなく、たとえ今近くにいなくても「あの人ならどう仰るだろう」と自問自答する時に思い浮かべる人のことをいうのではないか、と思うことがあります。

幼い頃の私の記憶の中に、父が私と一緒に遊んでくれたという思い出はほとんどありません。

休みの日も歳の離れた兄の野球の練習や試合に付き添ったり、ゴルフへ行ったりと忙しくしていた父は、家にいる時も兄と話をすることはあっても、私はいつも側にいるだけの存在のように感じていました。

経済や日本の歴史に詳しかった父が、兄と一緒にお酒を飲みながら熱く語ることは我が家のよくある光景で、母の手伝いをしなければならなかった私はいつも父と語る兄を羨ましく思っていました。


私が小学生だった頃、携帯などなかった時代。

漢字の意味も一つ一つ辞典で調べなければなりませんでした。

勉強が好きでなかった私は、宿題で出た国語の問題を解くため、父に熟語の意味を聞くことがありました。

すると父は私が聞いた熟語の中の漢字の意味を逆に質問してくるのです。

一つ一つ漢字の意味を調べるくらいなら、そもそもの熟語の意味を調べた方が早いと心の中で思っていた私。

もちろん答えられず、「調べるのが面倒だから聞いている」とも言えず渋々辞典を引き、さらに面倒なことになった、と思うこともしばしばでした。

それでも調べてみると面白い発見があり、それを父に話すと、父からさらに面白い知識を教えてもらったりと、私はだんだん辞典を引くことが好きになりました。

質問をすると、たいてい質問で返してくる父。

そんな父を理屈っぽく面倒な人だと思っていた時期もありました。

思春期の頃は、父が家にいると部屋に籠りがちになっていたことも。

それでも父は私に対して温度を変えることなく、いつも通りの父でした。


年月が経ち、私が子育てや社会との繋がりで悩んでいた頃、父は病気になり長い入院生活をすることに。

見舞いに行く度に父は私がこれまで聞いたことのなかった話をたくさんしてくれました。

その話は興味深く、楽しく、当時の私にはとても大切な時間でした。

悩みごとを一人で抱えていた（と思っていた）私は、そんな父との時間に、何度も悩みを聞いてもらいたい気持ちになりながらも、なかなか言い出せずにいました。

「今こんな状況なのだけれど、どうしたらよいのだろう」と、何度も聞きそうになる。

父から答えをもらいたい気持ちになりながらも話せなかったのは、自分で答えを出さないと納得できない私のことを、父はとうに分かっていると思っていたからだと思います。

父はいつも私の話を優しく受け止めてくれましたが、結局亡くなるまで私は悩みを話さず、答えはもらえませんでした。

今も、「こういう時、父ならどうするだろう」「こういうことをしていて、父は何と思うだろう」と考えることがあります。

どんな時も答えを教えてくれたことのない父でしたが、私にとっては父が「人生の師」であるのかもしれないと思うのです。

第六章 ネガティブを生きる力に変えるヒント

36 雪の中にお菓子を隠したのはなぜか

夏場、暑い日が続くと疲れが溜まってきますね。

何かひんやりする話題はないかと思い出したのが、小学生だった頃の私のお気に入りの遊びです。

私は雪の降る札幌で育ちました。

積雪量の多い月には夜中から除雪車が道路を走り、道の脇には背丈を超える大きな雪の山ができており、早朝の空き地や公園は真っ白い雪で埋め尽くされていました。

ある時私は真っ白な雪が積もった足跡一つない場所に、ズボズボと雪を踏みながら潜入する楽しさを知りました。

潜入場所では大の字になって空を眺めたり、雪をスノーシューズで踏み固めながら新しい雪道を作ったり、踏み固めた場所に雪で壁を作って基地にしたり、絵の具を水で溶いて雪玉に色付けし、基地に飾ったりして楽しんでいました。

そして基地にお菓子などを持ち込み、友だちを招いたりして遊んでいました。

私は勉強が好きではなかったので、6時間授業のある前の晩や、日曜日の晩は特に憂鬱な気持ちで時間割りを揃えていたのですが、ある時「いいこと」を思いついたのでした。

登校時、基地にキャラメルやチョコレート、飴などを2、3個隠しておき、学校帰りにそこで食べるのです。

小学生だった私にとっては、学校のルールを破り寄り道をするワクワク感で一日が華やいだものになりました（たまに大雪でお菓子が見つけられなかった日もありましたが）。

ポジティブ感情がストレスの改善や心理的良好に与える効果については、フレドリクソンによる「ポジティブ感情の拡張構築理論（2013年）」によって述べられています。

「不安や恐怖などのネガティブ感情がもたらす心拍や血液の増加などの心血管系活動の昇進は、ポジティブ感情によって元の状態に速やかに回復しやすくなる」と実験的証拠を提供されています。

更にそれは「ネガティブ感情が生ずる前段階での介入がより有効である」とも述べられているのです。

小学生だった私の場合、帰り道にこっそり基地でお菓子を食べるという楽しい「前段階の計画」は、面倒でたまらない長い勉強時間の苦痛を乗り切る安定剤のような役目になっていたということです。

「学校の長い授業を受けるのは嫌だ」という私のネガティブな感情は、帰り道に基地でこっそりお菓子を食べるという楽しい前段階の計画によって、ポジティブな気持ちの状態に回復していったのだと思います。

暑い夏を良好な心理状態で乗り切るため、帰宅してから食べるシャーベットを冷凍庫に用意したり、子どもと楽しめる花火を用意したり、心も凍るホラー映画を観る用意をしておくのも、ネガティブ感情が生じる前段階の介入として有効だと思うのですが、いかがでしょう（笑）？

37 不満は挑戦のきっかけ

明治時代が舞台の歴史ドラマに、学問を学びながら起業家の家に居候している門下生たちが、政治の不満ばかりを口々に言い合っていたところ、その家の奥様が門下生たちを鼓舞する印象的なシーンがありました。

勇気を持って自ら挑戦していく意志のない門下生たちに対し、愛を持って叱り、鼓舞するシーンを観ながら私は、時代背景は違っていても人の心理にはやはり共通性があるものだなぁと感じていました。

不満というものは、「自分以外の何かのせい」だと考える時に出てきます。

また、自分の無力感から、誰かがどうにかしてくれないかというような依存的な考えを持っていたり、完璧にできない自分を放棄する気持ちからも生まれてきます。

自分には力がないと感じると、何かに正しさを求めて批判的になってしまったり……

不満について書いているうちに、私自身にも身に覚えがあるなぁと、思い出したことがあります。

サラリーマンの家庭で生まれ育ち、兄が二人いた私。

中学生だった頃、毎日母の作るお弁当のおかずはほぼ「茶色一色」。母も仕事をしながら忙しい生活を送っていましたので、今思えば毎日三人分のお弁当作りは大変だったことでしょう。

溶いた卵が茶色くなった前日の親子丼が入っていたり、お芋がかなりくずれてしまった肉じゃがや、ふりかけご飯。もつ煮込みも登場していました。

時にはおかずの汁がご飯に移り、さらにお弁当箱から漏れ、お弁当箱を包んでいたナプキンだけではすまず、鞄や教科書、ノートにもおかずの汁が浸みてしまったことも。

友達の色とりどりのお弁当が羨ましく、「私のお弁当は恥ずかしい」と、私は母に文句を言っていました。

ある時また文句を言っていたところ、

「お母さんのお弁当に文句があるなら自分で作りなさい」と、父が私を叱りました。


その日の晩から、私の小さな挑戦が始まったのです。

辛かったのは、いつもより1時間くらい早く起きなければならないことでした。

ぼーっとする頭の中で、前日に下拵えしておいた食材を思い浮かべながら起床します。

眠たくて、やめたくなることもしばしばありましたが、それでもお弁当時間の楽しみを考えると頑張ることができました。

こうして私は定番の黄色い卵焼きや、オレンジ色のニンジングラッセ、緑色のほうれん草のソテーなど、1品、2品と少しずつおかずの作り方を覚え、満足なお弁当を作れるようになったのです。

さらに慣れてくると、1時間もかからなくなり、兄の分のおかずまで作る余裕も。

この小さな挑戦は、今も私の武器となっております（笑）。

不満を持つことは自分を発見するチャンスにもなります。

自分にできることを見つけ、少しでも行動してみることから環境は変わっていくのではないかと思うのです。

38　謙虚になれ

高校時代、働き者の母が病気で2週間ほど入院したことがありました。

その当時、実家には父と母と歳の離れた社会人の兄と私が住んでいました。

私は入院している母の代わりに早起きをして洗濯をし、朝食を作り、自分と兄のお弁当を用意してから学校へ登校。夕方は部活を休み、下校途中に母の見舞いに行った後、夕食の材料を買って帰宅する毎日を送りました。

夕食を作り、片付け、掃除、そして自分の課題。

「母さんの弁当よりおかずが多いな」という兄の言葉で調子に乗り、食事作りには特に気合いを入れていました。

そんな中、精神的にも疲れてきたからでしょうか、ある時夕食に作った味噌汁の味が薄いと言われたことから、

「こんなにいろいろしているのに文句を言わないで！」と怒った私に父が放った一言で、しばらく父とも兄とも口をきかない日が続きました。

その時父が言った一言は、

「謙虚になれ」という言葉でした。

あの時の私には全く理解できなかった一言。

〝こんなに頑張っているのに〟

と、皆に「してあげている」ことを認めてもらえないという悔しい思いだけでした。


母が元気になってから知ったことですが、父は毎日母の入院先に行っては、私が頑張っていることを母に話していたそうです。

あの時は全く理解できなかった言葉ですが、今私は心から亡き父に感謝しています。

「ただ謙のみ福を受く」という言葉がありますが、今になってようやく「謙虚さを持つことで初めて幸福を受けることができる」という意味を実感するようになりました。

何年も先になって、人の言葉の有り難みを感じることがあります。

あの時は受け入れられなかった「謙虚になれ」という一言は今、私を救う言葉になっています。

39　受け入れたくないことを受け入れなければならない時

飛行機からの景色を見ながら考えていたことを書いてみようと思います。


私は20代の頃、スカイダイビングが大好きでした。

スカイダイビングは高度約4000mを飛ぶ小型飛行機からパラシュートを背負って飛び出し、約1000mの高さでパラシュートを開くのですが、開くまでの数秒間はほとんど景色が見えないほどに回転します。

時間としてはかなり短い。

でも自分の感覚としては長く感じます。

パラシュートが開くと一瞬上がり、その後地上に降りる間、空から見える広大な景色を楽しみます。


人が生きている間には「受け入れたくなくても、受け入れなければならないこと」があります。

不安だったり、がむしゃらに足掻いたり、絶望感に襲われたりして、周りを俯瞰して広く考えようとしてもできず、そうしようと思うことすらできないこともある。

その時間は果てしなく長いものに感じます。

しかし気がつくと時間は経っていて、今の状況を受け入れることで、環境に慣れてきたり、周りの流れや様子が見えてきたりするのです。

宇宙年齢は138億年と言われていますが、光が進んできた距離を今の宇宙で測ると約464億光年になるそうで、遠方から届く光はそれだけ昔に放たれたと言われています。

宇宙では「遠くを見ることは過去を見ること」になり、それはまるでパラシュートが開いて一瞬上がった時に見える空の景色と重なります。

自分が足掻いていた過去を、開いた瞬間のパラシュートから眺める景色と繋げて考えていたのでした。

どんなに辛く落ち込むことがあっても、広大な景色を見られる日は必ず来るのだと思います。

それにしても当時大好きだったスカイダイビング。年齢とともに平衡感覚が激落ちし、今では遊園地のコーヒーカップにも乗れない私。そして飛行機が揺れる度に緊張しています（苦笑）。

40　人に言えない秘密はどうしたらよいか

人は誰でも秘密を持つことがあります。

人を喜ばせたり、驚かせたりするためのポジティブな秘密もありますし、決して人には言えないようなネガティブな秘密を持つことも。

深刻なのは、誰にも話せない秘密が内容によっては自分の心を蝕《むしば》んでいくことです。何とか自分で解決しようと思考を巡らせても、焦りや不安、怒りなどの感情が湧き出て、秘密にしている問題から目を背けたり、逆に眠れないほど悩んでしまうこともあります。

ネガティブな秘密を持った時の感情は一人で抱えてしまうと不安になり、それがどんどん自分の心の中で膨らんでしまうのです。

イソップ寓話に、王様がロバの耳を持っていることをただ一人知っている理髪師が、王様のその秘密を一人では抱えきれず、井戸に向かって真実を叫んだというお話があります。

ところがこの井戸は国中の井戸と繋がっており、あっという間に国中にその秘密が知れ渡ってしまいます。

しかし王様が「この耳は民の声がよく聞こえるための耳」だと民衆に伝えたことから、さらに信頼される王様となったのです。

秘密を知られてしまった後の王様の「柔軟な思考」によって、王様自身と民衆の間に信頼関係が生まれたのだと思います。

そんな柔軟な思考を持つ王様も、長い間秘密を打ち明けることはできませんでした。秘密が知られてしまったことにより、自分がロバの耳を持っていることを勇気を持って認めた王様。

焦って理髪師の言っていることを否定したり、誤魔化したり、隠れたりせずに勇気を持って、民衆にとって「安心できる言葉」を選んだ王様の柔軟な姿勢は見習いたいところです。

そして、勇気を出して話すことにより、秘密によって抱えていた不安はだんだんと

「風化」されていくのだと思います。

モヤモヤとした不安や焦りが大きくならないよう、ネガティブな秘密は関係のない方に聴いてもらったり、どうしても話せない時には、木々や花々に話してみてもよい。

辛い感情は少しでも風化させて下さいね。

41　心配はネガティブなことかどうか

心配事があったり不安な気持ちを抱えている時には、何も心配がなく日々を楽しそうに笑って過ごしているような方と接すると、羨ましいなと感じたり、一緒にいるのが辛く感じたりすることも。

表面に見える心配事もあれば、心の内側でモヤモヤと霧がかかっているような心配もあります。

辛くて逃げたくなることもあるかもしれません。

それでも少しずつ問題が収まったり、時間薬が効いて心配な気持ちが解消されていくと経験値は上がり、また同じ問題を抱えた時には以前より不安を感じなくなることがあります。

ところがしばらくするとまた違う心配が出てくることも。

最近は、「ゲーミフィケーション」についての研究が盛んになっているようです。これは「攻略法を考えながらゲーム感覚で問題を乗り越えていく」という取り組みで、悩みそのものをミッションとして捉えます。

私は中学生の頃、ロールプレイングゲームにハマっていました。旅を続けながら敵と戦いポイントを貯めては装備を強くし、仲間を増やしていきます。強くなればさらに強い敵が出てくる。

完璧な強さを得られない時は夢中でゲームをしているのに、ついに一番強い敵を倒した途端、興味がなくなるという経験をしました。

心配があるから人生のスキルを上げる、自分なりのレベルを上げる、人生をより深く豊かなものにすることの意味を感じる。

その結果、オリジナルの人生を愛おしみ育てていけることもあるのだと思います。

「心配はネガティブなものとして存在するのではない」

そう思うことで気持ちも少し楽になっていくかもしれませんね。

42 こころざし

最近落ち込み気味だという大学生の悩みを聴かせて頂きました。

早めの就活を始めながら何社かでインターンシップをするうちに、「自分には、はっきりとした志がない」と悩み始めてしまったとのことでした。

大学生にかかわらず、このような悩みを持つ若者は多いように感じています。

共通しているのは、大変真面目だというところで、懸命に自分に向き合い、適性を探ったりしている姿勢は切ないほどに感じます。

「今何をするべきか」に集中するあまり、知らず知らずのうちに視野が狭くなり、眠れなくなったり、時には息をすることすら苦しくなってしまうことも。

私はこのような悩みを持つこと自体、人生を真剣に生きている証だと思います。


人からは「真面目過ぎる」と言われると、おっしゃる方もいます。

私は「真面目が一番」と考えるタイプの人間です。

真面目過ぎるのは素晴らしいことですし、素晴らしい才能だと思います。

ただ、視野が狭くなっている中での真面目さは、時に自分自身を辛い状況に追い込んでしまうこともあるのだと。

いわゆる焼け跡世代、団塊世代に育てられた私などの世代は、親やメディアなどの影響もあり、「人生勝ち組マニュアル」みたいなものがありました。

学生時代は進路で迷いながらも、こうすればお金に苦労しない、こうすれば幸せな結婚ができる、そんなマニュアルが確かに存在し一般化していた当時、企業戦士が格好良く、3高（高学歴、高収入、高身長の男性）に嫁いだ女性は幸せだという風潮がありました。

「自由」が掲げられる現代からみると滑稽とも思えるマニュアルですが、そのマニュアルには「ワクワクする何か」があったようにも思います。

「ワクワクする何か」の実体は人それぞれに違いますが、マニュアルへの反骨精神によって、「本当の自由」を獲得しようとワクワクしていた方もいらっしゃいました。

自由が一人歩きしている現代社会で、「はっきりとした志」を持つ若者が一体どの程度いらっしゃるのか私にはわかりません。

今、人生を真面目に考え、真剣に向き合おうとしている若者たちには、将来の進路に悩み、真剣に将来の自分を考えているこの一瞬一瞬を大切にしながら、「ワクワクする希望の未来」を描く視点を持って頂きたいと願います。

そこから次第に前向きな志は生まれ、自分の進む道への「覚悟」ができると思うのです。

今、社会へ貢献したいという思いを持ちながら、さらに「前向きな志」も持とうと、真剣に人生を考えている若者たち。

日本の未来がこうした若者たちに支えられていくのだと思うと、その未来を応援していきたいと、ワクワクとした気持ちになるのです。

43　ネガティブ感情に苦しまないためには

人は「ポジティブ」なことより「ネガティブ」なことの方が記憶に残りやすいと言われています。

ネガティブ感情は、人類が進化する過程で危険やリスクに敏感に注意を払い、それらを記憶に長く留めておくために発達した脳の機能だそうです。

自分が将来経験する出来事についても、今まさに経験しているかのように頭の中でシミュレーションすることができるこの能力は、「エピソード的未来思考」と呼ばれるそうで、将来起こりうる事態に備えることができる人間の能力です。

この能力は大変重要だなぁ、と思いつつ、必要以上のネガティブ感情に苦しまないためにはどうしたらよいだろうと考えておりました。

私は車を運転することが多く、運転しながら見える景色があまりにも美しいと感じる時には車を停めてゆっくり眺めたいと思うことがあります。

しかし、そこが高速道路だったり、橋の上だったりすると、どうにも停まることができず通り過ぎてしまう。

残念に思いながら一瞬見た景色を記憶に残そうとしても、次から次へ見える景色が変わっていき、あの瞬間の景色は自分の記憶の中で何やら違うものに変わっているような気がするのです。

同じように、日々の生活の中には感動したり、喜びを感じたり、感謝したり、「その一瞬の美しい感情の記憶」を持ち続けていたいと思うことが多々あります。

しかし物事の移り変わりによって、その時に経験した感情は、まるで川の流れのように次第に変化してゆくのです。

今がどんなに楽しくて幸せでも、反対に今がどんなに辛くて苦しくても、感情の流れは自分が感じている以上に速いものなのかもしれません。

私が以前体調をくずし、ブラックな自分が露《あらわ》になっていた時、無意識にも眉間に皺をよせる母親を見て娘が優しく肩を揉んでくれました。

卒論の仕上げに余裕のない彼女の時間を奪ってしまった申し訳なさとともに、自分のことを横に置き、長い時間私の肩を揉んでくれた彼女の優しい気持ちに、眉間の皺も、心の皺もほぐされる思いでした。

「しかし、現実は綺麗事ばかりではない」

ごもっともだと思います。

優しく肩を揉んでくれた娘。
その娘のバッグや畳んだ洗濯物が置きっ放しになっているのを見て、早くもイラッとしている私です。

日々笑顔を心がけ、自分の役割を全うする。
理想としている自分はそんなに強くありません。
眉間に皺をよせてしまうこともあるのです。

美しい景色も、そうではないものも、それらを受け入れながら私達は生きています。

一瞬感じた確かな美しさは幻のように忘れてしまうものなのかもしれません。
しかし、「美しいものを美しいと感じるその時の気持ち」は確かに存在し、完全な記憶には残らなくてもそこから自分のイメージする美しさは生まれ、それが自分の理想となっていくのではないかと思います。

そのポジティブな感情には人を和ませ、癒し、前に動かすパワーがあります。

立ち止まれない時は後から日記に書き留めてみたり、誰かに話してみたり、可能なら写真を撮ってみたりして、それを可視化したり、言語化しながら改めて振り返ってみることで、美しい記憶は定着するもの。

たとえ形を変えても、ネガティブな記憶に負けないほどに、美しい記憶をしっかり心に刻んでいくことが、過剰なネガティブ感情を解き放つための一つの手段ではないかと考えてみたのでした。


それにしても、いつになったら置きっ放しのバッグを片付けるのだろう。

と、幸せそうに夕食を食べる優しい娘を見ながら思っている私です。

44　居場所

幼かった子どもたちが成長し、手が離れてきた頃から、何だか自分の居場所がなくなってしまったような、そんな気持ちになっていた時期がありました。

手が離れてきたとはいえ親としてまだまだすることはありましたし、当時は病気になった親の介護もあったので、時間だけで捉えると忙しい日々を送っていました。

時折友人とランチをしながら他愛もない話をしたり、近場の旅に出たり、映画を観に行ったりと、自分の時間を作ってはそこでのみに与えられた「夢のような時間」を楽しんで息抜きをすることもありました。

しかし空虚感や孤独感を持ちながら、自分の居場所を求めている自分がいなくなることはありませんでした。

今思うとこの時の私は「母親」「親の介護者」という「居場所」に執着し過ぎていたのかもしれません。

「親として、子どもたちを社会に送り出すまでは、自分の使命をしっかり果たす」「子どもとして、できる限り親の支えになる」

自分で言うのも何ですが、立派な考えだと思います。

そんな立派な考えを持ちながら、何が自分を孤独にしているのか、当時の私には分からなかったのです。

そんな私が空虚感や孤独感を持たなくなったのは、カウンセラーとして仕事をしたいと考え、興味があった心理学を「学ぶ」という意識に変えてからだと思います。

それからというもの、手に入る文献や書籍を片っ端から読んではノートに書いたり、資格をとるための勉強をしたり、人と会って話を聴くチャンスを作るために経験したことのなかった業種のアルバイトをし、そこで知り合った仲間を誘って話を聴いたり、それまで仕事の話をすることはなかった精神科医の友だちと人の心理について語ったり……

こうして学ばせてもらう時間は私にとってかけがえのない時間となりました。

そして気づけばその頃から私の空虚感や孤独感はなくなっていったのです。

「母親」「親の介護者」という「居場所」への執着はだんだんと薄れ、「自分の成長や変化」を感じることができるようになりました。

「自分の成長や変化を感じる場所」は、求めているだけでは作られません。

どんなに整った環境があっても、そこに自分の成長や変化を感じられなければ、空虚感や孤独感はつきまとうのだと思うのです。

自分の居場所がないと感じていらっしゃる方は、もしかすると今いる自分の居場所に執着し過ぎているのかもしれません。

しかし、生きていく上で日々の生活はとても大切ですし、放棄するわけにはいかないものです。

ですからその居場所とは別の、もう一つの居場所を「求める」のではなく、自分で「育てていく」ことで、自分の成長や変化を少しずつ感じることができるようになると、そこはより居心地の良い自分の居場所になるのだと思います。

そうして自分で育てていく居場所から繋がる方々との語らいの時間は決して「夢のような時間」ではなく、リアルに自分の居場所となっていくのだと。

自分にとって最高の居場所、育ててみませんか？

● 嫌な気持ちを笑って吹き飛ばすライフハック ●

ネタ帳

忘れっぽさに早さがあるとすれば、私は嫌な気持ちを忘れるのが、かなり早い方だと思っています。

しかし、頭では忘れていても身体は覚えていることも。

やけにだるかったり、イライラしていたりすることがあるのです。


今回はこんな私のように、忘れっぽいけれど何だか疲れたりする方へ宛てた（無責任な）話をしてみようと思います。


私の母を一言で表すと天真爛漫。

昨日は大泣きしながら今日は大笑いしている、そんな母に育てられ、今振り返ってみると小学生の頃は母に振り回されることが多かったと思います。

いちいち愚直に受け止めていた私はそんな母によく怒りを感じていました。きつい言葉や投げやりな言葉を母にかけた私は父に叱られ、悔しさのあまり自分の部屋でよく泣いていました。

しかし、朝になるとつい「おはよう!」と挨拶してしまう。

一旦挨拶をしてしまったら不機嫌になるのも不自然だと、「今回は許そう」なんて自分の気持ちの辻褄を合わせながらまた同じことを繰り返す。

ある日いつものように部屋で泣きながら、

「どうせこんなに泣いたって、明日にはまたこの悔しさや怒りは忘れてしまうんだ!」と、自分に腹が立つ始末。

なんて面倒な性格なのかと、自分に嫌気がさすこともありました。

怒りの感情をきちんと忘れず、気持ちの整理をしたり、それを繰り返さないように対処できる友人に尊敬の念を抱きながら、私の小学生時代はそのまま過ぎていきました。

親に食ってかかってみたところで自分のストレスが発散されないことを知った私は、中学生になると友人へ自分の感情を自虐的に話すようになりました。

私の友だちには母のファンが多かったので、母の悪口を直接言うと私が不利になってしまう。

そう考え、母への不満やストレス体験を面白可笑しく話しては笑っていました。

普段から声の大きな母とデパートへ買い物に行った時、知らない人がたくさんいるフロアで、すぐ近くにいるのに私が見えなかった母が急に物凄く大きな声で「美穂ー！」と叫び、周りの人が驚いて私を見るという恥ずかしい思いをしたこと（何度もありました）を、周りの人が目を見開いて驚いていたと物凄く誇張してみるなど、面白可笑しく話しているうちに、何だか気持ちは晴れてくる。

友だちからもまた面白い自虐ネタを聞いては笑い、嫌なことがあったお陰で得した気分すら感じたりすることも。

こうして私は嫌なことがあると、頭の中の「ネタ帳」に書き込むようになりました。

自分が親となった今、母に対してなんと罰当たりなことをしていたのだろうと反省しながら、今は相変わらず元気な母と仲良くしています（笑）。

因みに先日は2年前に購入していたサジー（ユーラシア大陸原産のグミ科の植物）ドリンクの賞味期限が1年も前に切れていることに気がつき、もったいないことをしてしまったと残念に思いながらパウチを広げ捨てようとしたところ、圧力がかかったのか、開け口から噴き出したどろどろのオレンジ色をしたドリンクが、顔や頭に思いっきりかかってしまいました。

強い酸味のあるサジードリンクが目に入り、痛いのなんの……

意地悪の罰が当たったのだと笑って下さい。

嫌なことは忘れっぽい性格だけど、面白いことは忘れないタイプの方には是非ともこの「ネタ帳」を購入して頂きたいと思います。
一冊9800円となっております（笑）。

第七章
美穂さん素敵な人に頷く

45　モテる理由

兄妹三人の一般的なサラリーマン家庭で育った私。

子どもの頃は洋服を買ってもらうことも数少なく、何着かしかない洋服を着回していましたが、小学校の高学年ぐらいになるとお洒落心も芽生えてくるようになり、当時流行っていた「セーラーカラーの洋服」に憧れを持つようになりました。

今も親友である幼馴染みにはお洒落なお姉様がいて、妹の彼女にはいつもお洒落な洋服のお下がりがあり、さらに祖父母様から買ってもらったという流行りの服も着たりしていました。

祖父母も早くに亡くなり、兄しかいない私の目には、彼女の環境がとても羨ましく映っていました。

その彼女がある日、憧れのセーラーカラーの洋服を学校に着てきたことがありました。

彼女はその服をとても気に入り、よく着ていたこともあって、色や形は今でも私の記憶にも鮮明に残っています。

彼女のセーラーカラーの洋服姿を見た日からは何カ月も遅れましたが、誕生日を迎えた私も遂にセーラーカラーの洋服をゲット。

真っ白いブラウスにセーラーがついた洋服を着ては有頂天になっていました。


彼女のお姉様はとても美人で、妹である彼女はもちろん、お姉様を知る私を含めた後輩からは大変「強い」先輩としても有名でした。

その一方で、妹の彼女は人からの頼まれ事が断れないタイプ。

若干やんちゃだった私は困っている彼女に「嫌なことはしっかり断らないと駄目だ

よ！」と何度も伝えるのですが、それでも断れず、ご両親から叱られる羽目になっている彼女に対し、私はいつももどかしい思いを持っていました。

また、彼女は男子からとてもモテるタイプでした。

けれど好きな人ができると、片想いのままずっとその人を一途に想い続けるため、そこでもまた私はもどかしい思いに。

そんな彼女から、先日会った時に衝撃の事実を聞いたのです。

ある時彼女はお気に入りだったセーラーカラーの洋服を着て、当時オープンしたばかりの居酒屋へ、家族で夕食を食べに行くことに。

その居酒屋に偶然、彼女のお母様が大ファンの野球チームの選手がいらしたそうです。

当然色紙などの用意はなく、どうしてもサインが欲しかったお母様はお店からマジックを借り、強いお姉様ではなく、断れない彼女を呼んで、彼女のセーラーカラーに油性マジックでサインをお願いしたとのこと。

背中を向かされ、お気に入りのセーラーカラーにサインを書かれた時の彼女の気持ちを考えると……爆笑でした。

確かに当時、あれほど気に入っていたはずのセーラーカラーの洋服を彼女は着てこなくなったなぁ、と思っていたことがあったのです。

彼女の方はセーラーカラーの洋服を着ている私を羨ましく思っていたそうで。


かれこれ40年近く昔の話。

幼馴染みのことはよく分かっているつもりでしたが、彼女の恵まれている環境を羨ましく思う気持ちが先行し、そんな彼女の不幸には、全く気がついていなかった私。

そんなことがありながら、「美穂ちゃんのセーラー可愛いね」と言ってくれていた彼女の優しさを、40年ほど経った今になって初めて気がついた次第です。

今は家庭を築きすっかり逞しい女性になった彼女ですが、優しいところは1ミリも変わりません。

話を聞いて爆笑してしまった進歩のない私にはもったいない親友です。


彼女の過去も今もすべてを愛おしく感じるとともに、なるほど、モテるわけだと、一人納得したのでした。

46　あなたにとっての幸せって何ですかと聞かれた日

月曜日、仕事の始まっていらっしゃる方も多い中、私は父の眠るお墓へ行ってきました。

父が亡くなってからたまたまご縁を頂いたこちらのお墓の周りには、八十八体の仏像が環状に並び、遠くに見える石狩平野を眺めながら仏像の並ぶ小道を歩くことができます。

昨日はたくさんの方がいらしていたというお墓も今日は随分と空いていて、ゆったりした気持ちで何体かの仏像に手を合わせながら、今こうして平和な気持ちで神仏に向き合うことができる有り難みを感じていました。

「あなたにとっての幸せって何ですか？」

高校生の頃、一人で街を歩いていた時にある宗教の勧誘活動をしていた女性の方から声をかけられ、このような質問を受けたことがあります。

それまで私は幸せについて深く考えたこともなく、目先の問題に心奪われる毎日を送っておりました。

ですからその時も私がすぐに思いついた幸せは、当時どうしても欲しかったジーンズが手に入ることだったと覚えています。

しかしそんなことを言ってはこの女性ががっかりするのではないかと思う気持ちとともに、自分の幸せはそんなものではないという気持ちが起き、何かもっと奥の深そうなことを言わなければいけないような気がして口ごもってしまいました。

それからは彼女のペース。喫茶店で幸せについて話すことになりました。

普段は警戒心の強い私がなぜふらふらと、初めて出会ったばかりの彼女について行ったのか。

尖ったものを一切感じさせない優しい彼女の微笑みや、芯を感じる話し声に惹かれたということもあります。

ただそれだけではありませんでした。当時好きだった彼氏にふられたばかりの私の心は不安定。心にぽっかりと穴が空いているような心境で、可憐な雰囲気の優しげな彼女の笑顔に導かれるまま、半分投げやりな気持ちでついて行ったのです。

そして幸せについて、その時思いついた美しい「理想」の幸せ像を話す私をしっかり見つめ、彼女はただずっと真剣に聴いてくれました。

こうして真剣に話を聴いてくれる彼女に対し、私はデタラメを話しながらも、次第に本心がチラチラと顔を出し始め、結局彼氏にふられたことからその時の気持ちすべてを彼女に話していたのです。


今思うとかなり不思議な成り行きですが、彼女はその後私の家にもくるようになり、多感な時期の私の気持ちや心境などを、長い時間をかけていつも真剣に聴いてくれました。


彼女は私に宗教の勧誘を一切しませんでしたが、

「自分が主体となって人を幸せに導く勇気を持つ」ということを教えてくれました。

「自分の選択した言葉や行動に責任を持ち、人を幸せに導く」

こういうことを彼女は私に伝えたかったのだと思います。

しかしそれは口で言うほど簡単なことではなく、主体となることによる苦労や責任など、持たない方が楽に生きていかれるのに、どうして彼女は自らが犠牲になるようなことを私に教えるのかと、思うようにいかないことへの怒りを彼女にぶつけたことも。

それでも彼女は私の思いを懸命に聴き続けてくれました。

彼女と1年ほどのおつきあいを続けてきた中で、私の気持ちには大きな変化がありました。

自分が「主体」になることと「自己犠牲」は隣り合わせにありながら、「自分が何を望むのか」「どんな人間になりたいか」といったことが明らかになってくるとともに「自己犠牲」は「主体」と重なっていくのではないか、と思うようになったのです。

出会ってから1年ほど経ち、彼女はご主人の転勤で引っ越すことになりました。

結局私は彼女が信仰する宗教には入らず、彼女が転勤してから何度かお手紙のやりとりをしましたが、次第に連絡をとることもなくなりました。

しかし彼女は私にとって真の宗教家でした。

私は今も特定の信仰はないままですが、何か自分なりの神仏があるようなそんな感じです。

幸せとは何か。

未だにはっきりと言葉にできない私です。

また彼女のような宗教家にお会いしてみたいな。
石狩平野を眺めながら、ふとそんなことを思ったのでした。

あなたにとっての幸せって何ですか？

47　軍平さんとの出会い

私が学生だった20代の頃にボランティア活動で、独り身の高齢者のお宅へ行かせて頂いた時の話を書こうと思います。

ボランティアをさせて頂いた方の中に、「軍平さん」とお呼びしていた男性がいらっしゃいました。

軍平さんは当時91歳だったと思います。

若い頃は新聞記者だったそうで、お宅へ行くといつも楽しそうに記者時代の話や、歴史の話をしてくれました。

その話が楽しくて私はつい毎回長居をし、ボランティア精神など忘れ、自分の祖父のように接し始めていました。

ある日、足の踏み場がないほどに新聞や雑誌、書籍でいっぱいになっていた軍平さんの部屋を、私は勝手に片付けようとしました。

すると、笑顔だった軍平さんが急に、

「いじるな！」と強く怒ったのです。

当時の私は「怖い」という気持ちとともに、「せっかくボランティアで行っているのに怒鳴るなんてひどい」という気持ちにもなり、軍平さんの家に行かなくなってしまった時期がありました。

それでも時折、楽しそうに話をしてくれた軍平さんのことが気になっては、モヤモヤとした気持ちで過ごしていました。

「他にもボランティアはいるのだし、私が行かなくても誰が行っても同じだろう」と考えていたある日、別の日を担当していたボランティア仲間から、

「最近美穂さんが来ないと軍平さんが気にしていたよ」と伝えられました。

それを聞いて、私の名前を覚えて下さっていたことがとても嬉しかったのを今でも覚えています。

暫くして私は軍平さんのお宅へ再び行ってみることにしました。
すると軍平さんは、全く何もなかったようにいつも通りお話をしてくれました。
こうして時間を過ごしている間に、軍平さんは御自身にとって大切にしている物を勝手に片付けようとした行為を拒んだだけで、私を嫌いになったわけではなかったのだと気づきました。

軍平さんは、「ボランティア」の意味すら理解していなかった私の一線を越えた行動や姿勢に対し、一言で背筋をピンと正してくれたのです。

浅はかで自分勝手な満足感を押しつけようとした自分の行いを恥じるとともに、その時初めて「ボランティア」の難しさを軍平さんから教えて頂いたのでした。

48　建設的なネガティブ感情

いじめに遭っていても平気だと笑ってみせたり、パワハラに遭っていても賑やかに振る舞ってみたり、そうするのはポジティブな感情がネガティブな感情よりも自分を良好な状態に保つことができるからです。


20代の頃の私は男性ばかりの職場におり、女性の私から見ると理不尽なことがいろいろとありましたが、たいていは笑って嫌な気持ちを吹き飛ばしていました。

笑っていた方が悲しい気持ちは早く収まり、気持ちが楽になってくる。

それを経験上実感していたのです。

けれど、それでは状況は変わらない。

嫌なことがあるとお手洗いに行っては笑顔を作る。そんなことを繰り返していました。


職場のあるフロアで清掃のお仕事をなさっていた女性がおりました。私は彼女と挨拶を交わすちょっとした時間が楽しく、また彼女の顔を見るだけで安心感に包まれる、そんな存在の方でした。

当時彼女は80歳ぐらいだったと記憶しています。

ご主人と満州から引き上げた後、暫く奥尻島で生活し、その後札幌に住むようになったと教えてくれました。

私には想像もできないたくさんの苦労があったはずの彼女は、優しい表情でいつも朗らかに挨拶をしてくれました。

パワハラなどの法律も今ほどしっかりしたものがなかったあの頃、ある時、職場で辛い気持ちになった私は涙を抑え、いつものように鏡を見て笑顔を作ろうとお手洗いに駆け込みました。

すると職場のドアから私が出てきたのを目撃した彼女が、お手洗いの外で私を待っていてくれたようで、事情も話していないのに私に近寄り、私の背中に手を当てながら「大丈夫」と言ってくれたのです。

「大丈夫？」ではなく、「大丈夫」。

彼女の声を聞いた途端、なぜだか急に胸が熱くなり、涙が止まらなくなってしまいました。

私はこの時初めて職場で自分が感じていた「嫌な気持ち」を認め、泣いたのです。

彼女は特に何も言いませんでしたが、私の涙が止まるまで背中をずっと撫でてくれました。おかげで心の底からホッとした気持ちになれたことを今でも覚えています。

チベット仏教の指導者であり、感情の研究にも深い理解を持つダライ・ラマは、「感情で重要なのは、ポジティブかネガティブかということではなく、建設的か破壊的かという尺度である」と指摘されています。

一般的にネガティブ感情とされる怒りには「建設的な怒り」もあり、例えば危険を冒そうとしている子どもを怒るのは建設的なものです。

ネガティブな感情を持つことは「しんどい」こと。

しかし、ネガティブ感情が建設的なものである場合、それをしっかり受け入れることはとても大切なことだと思うのです。

どうか、建設的なネガティブ感情も大切になさって下さいね。

49　お稲荷さんと一期一会

時折、お稲荷さん（稲荷寿司）を作ります。

お稲荷さんを作る時に私がいつも思い出す大切な出来事を書いてみようと思います。

数年前の12月31日、函館に住む親戚が急に亡くなり、私は【札幌～函館】間を走る午前の特急電車に乗りました。

前日から夜中までかかって家族が食べるための正月の料理を作り、寝不足と親戚の急な死の知らせを受けたことによる緊張感で頭はぼやけ、あの日の札幌の街に雪が降っていたのかどうか記憶に残っていません。

12月31日に函館に向かう特急電車の指定席車両は人の数も少なく、疲れた私の身体と脳を休めるには丁度よい空間。

電車の揺れを感じながら一人座席に座り落ち着いて本を読んでいたところ、間もなく別の駅で若い女性が乗車し、私の座席と通路を挟んで隣の座席に座りました。

手足がすらりと長い美人な方でしたが、顔が少し青白く痩せ過ぎかなぁと感じたことを覚えています。

暫くして彼女は切符の確認に来た車掌さんに
「何か食べるものは売っていますか？」と尋ねていました。

私はその言葉を聞き、彼女は空腹なのだなと思いました。

そして彼女の言葉のイントネーションから外国の方だと予想しました。

当時は列車の中にお弁当や飲み物などを運んで売りにきてくれるグリーンアテンダ

ントさんがいらっしゃいましたが、残念ながらその日は年末だったせいか、食べ物の販売は中止されておりました。

函館まで約4時間の間、痩せて顔色もよく見えない彼女が何も食べられないのだと思うと、私は時間が経つにつれて気になり、とても気の毒な気持ちになっていきました。

乗車人数が少ない静かな車内。

遠い函館行きの電車の中で唯一彼女の近くにいる私は、彼女に何か差し入れてあげたいと思いながら、その時持っていたのは、自分が食べるためと親戚に差し上げるために作ったお稲荷さんと煮物だけ。

見ず知らずの人から突然手作りのものを渡されても却って困るだろう。

せめて菓子パンか市販のおにぎりでも持っていたら良かった、と新幹線に乗り込む前に見たキオスクで菓子パンでも買っておこうかと一瞬迷いながら、買うのをやめてしまったことを後悔していました。

暫く本を読みましたが、やはりどうしても彼女のことが気になってページは進まない。

「断られるだろうなぁ」と思いながら、思いきってお稲荷さんを包みから出し、

「もしよければ私が作ったお稲荷さん、召し上がりますか?」と聞いてみました。

すると、彼女はびっくりした顔をしながら、

「よいのですか？」

と、私の差し出したお稲荷さんを一つ、二つと、食べ始めてくれました。

割りばしの使い方はぎこちないのに、お稲荷さんを丁寧に口に運ぶ仕草がとても愛らしい彼女に私は好感を持ちました。

それから二人の会話が始まります。

私は北海道の話をたくさんしました。私が好きな函館の歴史や、北海道の美味しい食べ物、ドライブで行く好きな場所など。

彼女は親と離れ中国から一人で日本にきたこと、初めて行く函館の街でこれから働くこと、家族の話はとりわけたくさん話してくれました。

中国と日本の文化の違いや、彼女が日本語をどのように覚えたかなど、とにかくほとんど休むことなく話し続けました。

そして気がつくと、電車は函館に到着。


お稲荷さんを食べるのは初めてだった彼女。

手作りのものを食べるのは久しぶりだと言った彼女。

一人異国の知らない土地で年末の列車に乗っている彼女を、私はささやかに応援したい気持ちでした。

函館に着くまでに、親戚に差し上げるためのお稲荷さんはかなり減ってしまいましたが、こんなに嬉しそうにお稲荷さんを食べてくれた彼女の顔は今も私の記憶に残っています。

一期一会、まさにそんな出会い。

今、彼女はどうしているだろう。

お稲荷さんを作りながら「あの時の心の声、勇気を出して相手にかけてみてよかった」と。

そんな思い出のエピソードです。

50　人生は祭りと修行の繰り返し

毎日の生活を営む中では、急に不幸な出来事が起きたり、想定外のことが起こったりするもので、辛いと感じる時に自分の意思ではどうにもならないこともあるのだと思います。

人や環境のせいにしたり、一時だけでも忘れようとお酒を飲んだり、外に出ることをやめたり、いろいろな手段で気持ちを誤魔化したり。

どうしようもなく辛い時、生命の海原でこうしてもがくことも、時には必要なのかもしれません。


以前テレビで、親を亡くして路頭に迷っていた少女が偶然道を通りかかった旅芸人の一行に出会い、一緒に旅を続けていくという、少女の人生を描いた番組を観たことがありました。

明治時代の話です。

辛い稽古を続ける毎日で、食べるものがなかったり、宿泊場所がない日も多く、幼い頃から雨を避けて野宿をしたり、病気や怪我をしても薬がなかったりと過酷な生活をしてきた少女。

さらに、唯一可愛がってくれた芸人さんが亡くなったりと、「人生の8割は修行だった」と取材に答えていたのは、当時の少女本人である90歳を過ぎた女性でした。

たまに寄った宿屋の主人から少しばかりの小遣い銭をもらって飴をなめたこと、可愛がってくれた芸子さんが着物を仕立て直してくれたことなど、当時の彼女にとって、それらは「祭りごと」であったそうです。

彼女は自分の人生を、苦労の人生とは考えていませんでした。

ただ淡々と、「人生は祭りと修行の繰り返し」と話していました。


私自身辛い時はもがいてしまいます。

辛い時に、その気持ちを抱えながらも淡々と時をやり過ごしてきた彼女の生き方に私は大きな影響を受けました。


「人生は祭りと修行の繰り返し」という言葉は、もがき始めた時の自分を冷静にさせてくれるのです。

51　自分を意識した言葉の表現

長い冬が終わり札幌にもようやく春が訪れると、天気のよい日はさわやかな風が心地よく開放感に包まれます。

春は「さわやかな」や「よい天気」という言葉を使うことが増える季節。

ところが一般的によく使われる「よい天気」というフレーズや、「さわやかな」といった、季節を表す心地よい表現が、「天気の基準は人によって違う」とか「さわやかは秋の季語」という理由から、メディアでは使えないということを、キャスターで気象予報士の方の記事で知りました。

記事では「読み手を意識した言葉の表現」がテーマになっており、それらに代わる「ご当地新語」として、札幌の青空のことを「札幌ブルー」と伝えるようになったとのことでした。

「札幌ブルー」という言葉から札幌に住む私は、青空の下、日の光を浴びてほんわりと暖かくなった札幌の街にさわやかな風が吹いている情景を思い浮かべます。

「読み手を意識した言葉の表現」は、相手の心に馴染み、ほっこりとした気分にさせるようで、とても素敵だなぁと思いながら記事を読んでいたのですが、この時私は「自分を意識した言葉の表現」も、時には役に立つことがあると思ったのです。

例えば、私が普段使っている「自分を意識した言葉の表現」を少しご紹介します。

渋滞気味の道路を運転中、大型トラックが自分の運転する車の前に入ってきた時は、「進撃のアンラッキー」と自分に呟いてみる。

歩いている時、突然雨が降り出したら「ポツポツウォーキング」と命名してみる。

不意の失敗をして周りを驚かせてしまった時は「環境の活性化」。

まさか、の失敗をした時は「期待に応える行い」などなどです……


いつもなら起きてしまった事態に対し、イラっとしたり、ストレスを感じたり、自分を追い込んだりしそうなことも、「自分を意識した言葉の表現」をしてみることで、アクシデントによるストレスから少し意識が離れ、自分を客観的に見ることができるように感じます。

それは自分自身を「クスッ」と笑わせてくれるものであればなおよいと(笑)。


相手に発信できる言葉ではありませんが、自分がアクシデントに巻き込まれた時も、アクシデントを起こした時も、気持ちを和ませてくれる効果があるかもしれません。

先の例に負けない、「自分を意識した楽しい言葉やフレーズ」のお便り、お待ちしております(笑)。

第八章
美穂さんのひとりごと

52 命を守ること

儚いもの。
繊細なもの。
小さな命。
そういったものに癒され、守りたいと思うことがあります。
また、人の周りには人がいて、支え合いながら、守られながら生きています。

散歩に行く公園内にある小川に、最近生まれたばかりの鴨の雛が遊んでいます。

その雛のことを教えてくれたご夫婦は、足が不自由なご主人に奥様が付き添い、リハビリがてら毎朝公園まで散歩されているとのことで、このお二人も毎朝鴨の親子を見守っています。

雛のすぐ近くでは親鴨が見守っていて、少し離れた所から人が見守っていて、雛にとって天敵である鳥や狐がいる場所ですが、見守られている赤ちゃん鴨のいるこの空間は、まるで聖地のように見えます。

命を守ることは当たり前でありながら、実は人が一人でこの当たり前を成すことは、とても難しいのかもしれません。

支えられ、守られる。

支え、守る。

朝のこの光景から、小さな命、その尊さを改めて感じたのでした。

53　人生を芸術に置き換えてみる

人生について考えてみた時に、私自身は「喜劇の人生」だったらよいなぁ、と思うことがあります。

人生を、この宇宙でたった一つの芸術だと仮定した時、私はどんな時にも「笑い」を持っていたいと思うのです。

それが私の人生という芸術作品のテーマかもしれません。

問題を抱え、八方塞がりで辛かった時も、もちろん心身ともにくたくたでしたけれど、人から「ノー天気」と呼ばれて、心の奥で少し笑ってしまう自分がいました。

私だけのオリジナルの喜劇。

あくまでもこれは自分なりの価値観です。

定義などはありません。

人生、100歳を超えても元気なご長命の方もいらっしゃれば、短い方もいらっしゃいます。

人は誰かと同じ人生を歩むことはなく、
悲劇だったり、
喜劇だったり、
ロマンスだったり、
落語だったり、
科学だったり、
テクノロジーだったり、
音楽だったり、
文学だったり、
無、の芸術もあるのだと思います。

例えば、「今日、死ぬかもしれない」と思いながら日々を全うしているような生き方を見ると、ハリウッド映画の『ミッション：インポッシブル』のトム・クルーズを連想したりします。

悩みに悩んで達観されるような人生を送る方、
青春真っ盛りの途中で亡くなられる方、

日々の楽しみを作り生きてゆく方、
人生は本当にいろいろです。
そして、どんな方の人生にも何かしらのストーリーがあります。
一瞬の花火芸術のようにお亡くなりになる方や、ガウディ建築のようにゆっくりと人生の芸術を完成される方。
キャストがたくさんいる人生の方、
人生はどれも同じものがなくて、どれも芸術。
そう考えると、余人をもって代え難い、唯一無二の創造性を持つ一人一人がいて、この世界はとてつもなく大きな「ミュージアム」のように感じます。

54　べき論としなやかな思考の葛藤

「故意責任の本質は反規範的人格態度に対する道義的非難である」

ご存知の方もいらっしゃると思いますが、これは以前ある珈琲店の店員さんが、お店でよく法律を勉強していらっしゃる方の注文した飲み物のカップのラベルに書き込んだという法律の一文です。

何とも気の効いた神対応が話題になっていましたが、私もこの法律のフレーズの内容が気になり調べました。

「悪いとわかっていながら、思いとどまることが可能であったにもかかわらず、あえて（わざと）行為に及んだルールに反する態度を非難する」と解釈しています（ざっくり過ぎてすみません）。


私はたまに人からボールペンをお借りすることがあるのですが、困ったことに、使い終った後につい自分のバッグやポケットに入れてしまうことがあります。

先日も帰宅してからお借りしたボールペンがバッグに入っていることに気がつき、慌てて貸して下さった方に連絡をしました。

有り難いことに、相手の方には大変優しく対応して頂き、その後ボールペンを無事お返しすることができたのですが、これは私が「無意識にバッグに入れてしまった」のか、「わざと入れたのか」ということに関して証拠はなく、相手がその事実に対してどのように感じたかで事態は変わってくるのだと思います。

最近、私自身も他人に対して「あえて行為に及んだのではないか」と感じてしまったことがあり、少し落ち込み気味でした。

相手にそのつもりはなく、私がこのように感じとってしまっただけかもしれないと考えてみたのですが、どうにもモヤモヤとした気持ちがすっきりと晴れることもなく……

人の善悪行為の判断基準はそれぞれに違うので、自分の基準に当てはめてしまうとなかなか辛くなるものです。

私は普段「こうあるべき」「こうしないといけない」といった決めつけはなるべくしないように気をつけています。

大切にしている姿勢である「しなやかな思考」は、人が無意識に持ちがちな「べき思考」を反省し、物事を多角的に見る柔軟さを持つことで、心がポジティブになる。そして物事をより俯瞰して見ることができるようになることから、次の行動変容に繋がっていくのだと思います。

ですから今回感じた「故意責任の本質……」についても自分の行為によって正せるものでもないので、辛いと感じた自分の気持ちをそのまま受け入れようと思っています。

では、なぜ私は「辛い」と感じたのか。

それは「しなやかな思考」とは相反する（矛盾する）「べき論」も同時に大切にしているからということに気がついたのです。

これは「正義」とか、「価値観」「使命感」のような、そんな感じです。


「人が人を傷つけてはいけない」

「人から自分は傷つけられてはいけない」

「自分が自分を傷つけてはいけない」

この三つに対して「こうあるべき」と強く願っている自分がいます。

これは自分自身への戒めでもあり、願いでもありますが、自分に向けてのはずのこの「〜べき」を、無意識に他人にも求めていることに気がつきます。

私自身の持つ葛藤とも言えるでしょう。


「しなやかな思考」を大切にしながら「べき論」も大切にする。

私だけではなく、人は相反する複数の葛藤を持ちながら生きているのだと思います。

今回の経験を通し、自分の揺れ動く気持ちを感じながら、喜んだり、怒ったり、哀しんだり、楽しんだりしている人そのものの存在を、より愛おしく感じている今日この頃です。

55　思い出と再開発

札幌で「冬季オリンピック」が開催された1972年（昭和47年）、札幌の街はオリンピックに合わせて地下鉄や地下街が整備され、たくさんの中高層ビルが建設されました。

そして現在、当時建設された建物は老朽化が進み、2030年に誘致を進めている「札幌冬季オリンピック・パラリンピック」と2030年末の「北海道新幹線札幌延伸」を見据え、札幌の街は再開発が進んでいます。

札幌駅の近くを歩きながらふと、この辺りも随分変わったなぁ、と周囲に建てられたビルを眺めていました。

小学生の頃の私は、札幌も東京みたいにどんどん格好いいビルが建てばいいなぁと、都会に憧れを持つ子どもでした。

新しいビルが建設されるたびにワクワクしていたことを思い出します。

現在は近代的なビルが次々と建設されている札幌の街。

子どもの頃の私が見たらどんなに驚くことだろうと思うほど、変化した街は美しく、とても便利になりました。

母と行ったデパートや、会社勤めをしていた頃によく行っていた商業ビルは老朽化のため次々になくなり、今は新しいビルやマンションが建設されています。

思い出の詰まった場所がなくなってしまった寂しさはありますが、その場所はなくなってしまった今も私の記憶の中で輝いています。

普段は何気なく歩いている街ですが、今日改めて札幌駅の周りを眺めながら、ここまで札幌の街を作り上げてきた先人の方々に感謝するとともに、子どもの頃に見ていた街並みを思い出し、少しの間懐かしい思い出に浸っていました。

歳を重ねた分、こうして街の変化を振り返ってみる時間はとても味わい深いものです。

今から40年経った時、大人になった子どもたちの目にこの街はどんなふうに映るのだろう。

そんなことを思いながら帰宅しました。

当時の街に思いを馳せながら子ども時代を思ったり、街の未来を想像してみるのもよいものだなぁと思ったのでした。

56　人を好きになること

クリスマスシーズン、いちめん白くなった札幌の街。

大通り公園のイルミネーションを見ながらゆっくりと歩く恋人たちの姿が多く見られるようになりました。

今回は、寒い札幌の街をゆっくりと歩いている恋人たちを見ながら思い出した、私の淡い恋話にふれてみようと思います。

中学生の頃、私には憧れていた先生がいました。

その先生は当時20代後半で、美術の教科担任をしながらバレー部の顧問をしていらっしゃいました。

幼い頃から絵を描くのが好きだった私は、中学2年の頃には志望校を美術科のある高校に決め、放課後になると美術室を借りて、日々石膏像のデッサンをしていました。なかなか思うように描けず悩んでいた頃、憧れの先生が私の志望校を知り、部活の合間を縫ってデッサンの指導をして下さることになったのです。

私は嬉しくて、先生が美術室にいらっしゃるのを毎日心待ちにしながら必死でデッサンをしていました。

少しでもよい絵を描いて、先生に誉めてもらいたい。

そんな気持ちでいたのだと思います。

先生に指導をして頂くほんの何分間のために、帰宅してからも夜な夜なデッサンをし続ける日々を送っていた私。

中学3年の時、そんな私にまるで夢のような出来事が起こったのです。

大通り公園駅近くのギャラリーで、志望校の3年生が毎年開催している卒業作品展があり、それを知った先生が私と一緒にこの作品展へ行って下さることになったのです（先生は美術教員としての興味と、中学生の私の付き添いで、ご一緒して下さいました）。

その日が来るのを私がどれほど楽しみにしていたかは容易に想像できることでしょう。

正直、当日のことはほとんど記憶にありません。

卒業作品展を先生と一緒に観たことすら記憶になく、覚えているのは、少しでも大人っぽく見えるように友だちの御姉様から黒いコートを借りて当日着ていったことだけ。

完全に恋をしていた私でした。


そして私は無事、志望校に合格することができました。

合格を、すぐに先生にご報告。

同時に先生の指導も終わりました。


時間の流れとともに、私の恋心もだんだんと下火になっていったのですが、今思うとあの気持ちは私の「魂」が求めていたのかもしれないなぁと。

自分の魂が求めて人を好きになり、そのお陰で頑張ることができたのではないかと思うのです。


人を好きになると、心の奥で凍っていた冷たい氷が溶け、さらに浄化され、温まり、内なるパワーが湧き出てきます。

自分の「魂が求める相手」は自分を成長させてくれるのかもしれないなぁと。

数年後、先生から結婚しましたとご報告入りの年賀状が届きました。

たとえ想いが届かなくても、人を好きになることで、人は成長していけるのだと思います。


イルミネーションを見ながら歩く恋人たち。

お互いが魂の求める相手でありますようにと願いながら、冷たい外気を感じつつ、何やらぽかぽかとした気持ちで街を歩いた私でした。

57 春はささやかに優しい

3月半ばになると、北海道の長く厳しい冬も寒さが少しずつ和らぎ、春の気配を感じるようになります。

温かい陽の光が雪を溶かし道路脇の雪山も小さくなって、いよいよ春だなぁ、と喜んだ次の日にまた雪が降ることも。

それでも、もう雪が根雪になることはなく、やっぱり春の訪れがすぐそこまで来ているのだと感じます。

今日はまた日が射してぽかぽか陽気。

こんなふうに不意に変わる春の天気は人の気持ちと似ているような気がします。


悲しい感情、寂しい感情、怒りの感情、焦りの感情など、ネガティブな感情に陥ると、その辛さが永遠に続いてしまうように感じることもあります。

しかし不意にその感情に春風が吹いて、思わず心が温かくなったり、落ち着いた柔らかな気持ちになったりすることも。

人の気持ちはささやかなきっかけで変わることがあるのです。


昨年春に使っていたバッグからちょっと嬉しくなるものを見つけたり……

たまたまつけていたラジオから流れる春の音楽に心が躍ったり……

久しぶりの友人からの連絡に、珈琲がいつもより美味しいと感じたり……

そんなふうに、春の柔らかな風は人の気持ちをさりげなく、ふんわり柔らかに変えてくれる。

そんな春はささやかに優しい季節だと感じます。

58　学びたいという気持ち

先日、ある方からお薦め頂いた本の内容が大変印象深く心に残り、この話について私が感じたことを書こうと思います。


それは昭和初期の新聞の投稿集が書籍になったものに書かれていたお話です。

明治時代の東北に生まれ、大変貧しい暮らしをなさった女性の話でした。

投稿主はその女性の息子さんです。


明治時代、貧しい家に生まれた多くの方は学校にも行かせてもらえず、家で農業などの手伝いをしていました。

特に女性の教育など稀有の時代です。

昭和初期、打ち続く冷害や不景気の中、若くして嫁いだこの女性は働きながら子どもを懸命に育てました。

自分は勉強する余裕などなく、読み書きもできません。

せめて自分の名前くらい書けるようになりたいと、当時小学校に通い始めた息子さんを先生にし、読み書きを習っていたそうです。

農作業の後、一日の労苦に疲れ果てながらも芽生えた向学心は尽きることなく、毎日吊りランプの下、節くれだった指で「イロハニホヘト」をなぞりながら真摯に取り組むのですが、どうしても覚えが悪く、次の日には忘れてしまう母に、息子さんは業を煮やして声を荒げることも。


益々続く貧窮にいつしか手習いは途絶え、結局読み書きのできないまま女性は亡くなりました。

息子さんはご自身が初老となってから、もっと優しく丁寧に教えてあげていたら……と、悔いが残る気持ちをこの中で書かれていました。


ご自分が歳をとるにつれ、母親が読み書きを「学びたい」と思ったことが、彼女が生きる上でどれほど大切なことだったかに気づいたのだと思います。

以前、私は「自分の成長や変化を感じる場所」が生きるためには必要なのではないかといったことを主旨に【居場所】という文章を書きました。

字が書けることによって利益があるかどうかは定かではありません。

しかし女性は学びたかった。

知らなかった文字や読み方を学ぶことで、辛い農作業や貧窮の生活とは別の「居場所」を育てたかったのではないかと思うのです。

それは「生きること」と同じだったのだと。


学びたい時に学べる環境があることは大変贅沢なことだと思います。

同時にその贅沢は人の生きる糧なのではないかとも思います。


この本を読ませて頂き、どんな方も自然体で自由に学びを得られる社会を、皆で支え合いながら作っていきたい、と願う私の気持ちはより一層強くなったのでした。

あとがき

「お父さん、ちょっととなりの美穂さん家に行ってくる」

この本は私がＳＮＳに投稿した文章の中で特に思いの強いものを選び、その文章を改稿させて頂いたものです。

専業主婦だった私は、子育てが一段落したことから、心理カウンセラーとして活動を始めました。

とにかくがむしゃらに心理学を学び、契約したカウンセリング会社では実践としてのカウンセリングの基本を学びました。

人との繋がりを求め、ＳＮＳに投稿し始めたのはこの頃からです。

投稿を始めた当初は、見えない相手に一体どんなことを伝えたらよいのか、どう交流したらよいのかもわからず、ツイッターの短い１４０文字にすら満たない文章から、恐る恐る始めてみたのです。

そんな私でしたが、家族や友人、仲間からの励ましによって少しずつ投稿を重ねることから、一人、二人とSNS上で繋がって下さった方からの心温まる応援のコメントやアドバイスを頂けるようになりました。

「このような文章でも温かい目でご覧下さる方がいるのだ」と、次第にSNSを楽しく感じるとともに、コメントや質問、意見やアドバイスを頂くことから、私の文章が人の目を渡り歩き、再び自分に返ってくる、そんな感覚を持つようになりました。

「見えない相手が実はすぐ側にいてくれる」

たくさんの方の投稿を拝読しながら、また自分の投稿をご覧頂きながら、普段の会話では出てこない心からの言葉を読ませて頂いたり、率直な感想のコメントを頂いていると、時にその方がリアルよりも近くに感じることがあるのです。

この本の中に、【外へ出した宝物は磨かれる】という文章があります。

これはまさに私自身が体験し、感じた内容となっています。

温めてきた自分の思いを文章にしてみる。

それを「原石」に例えると、投稿することによって読んで下さる方の気持ちや考えを直に感じながら、まさに原石が他の原石とぶつかり合い、丸みをおびるかの如く磨かれていくような気がします。

そしてまた自分の元に帰ってきたその文章を読み返しながら、投稿した時には思いもよらなかった気持ちが湧き出てきたりと、何とも不思議な現象が私の中で起こるのです。

こうして少しずつ磨かれた原石をまた磨いてみる。

まだまだ拙い私の思いや考えが投稿によって公開され、そうすることで自分の宝物が少しずつ磨かれていくとともに、より愛おしく感じる。

この先も、この宝物がどのように磨かれていくのかと思うと、ワクワクは止まりません。

数年前の私には、今の私がこのように考えるようになるとは、想像することもできませんでした。

本当に人生は不思議なものです。

求めれば、世界中の人と繋がることだって簡単にできる今の時代、自分の宝物を放ち、いくつになってもお互いに磨かれ続けることを望みながら、最後のご挨拶とさせて頂きます。

砂押美穂

心理《しんり》カウンセラー・美穂《みほ》さんの
のんびり井戸端会議《いどばたかいぎ》

2023年7月26日　第1刷発行

著　者　　砂押美穂
発行人　　久保田貴幸

発行元　　株式会社 幻冬舎メディアコンサルティング
〒151-0051　東京都渋谷区千駄ヶ谷4-9-7
電話　03-5411-6440（編集）

発売元　　株式会社 幻冬舎
〒151-0051　東京都渋谷区千駄ヶ谷4-9-7
電話　03-5411-6222（営業）

印刷・製本　中央精版印刷株式会社
装　丁　　村野千賀子

検印廃止

ISBN 978-4-344-94423-7 C0095
幻冬舎メディアコンサルティングＨＰ
https://www.gentosha-mc.com/